AF581589

TREMBLEMENT DE TERRE AU MINISTÈRE DES AFFAIRES ALIMENTAIRES

THÉÂTRE

Du même auteur

La flûte du cœur,
Éditions L'Harmattan, poésie, 2012

Pétrins, festins et destins en balade,
Éditions L'Harmattan, nouvelles, 2013

Les déboires de Patrice Likeur,
Éditions L'Harmattan, théâtre, 2013

Un bébé pas comme les autres,
Éditions L'Harmattan, roman, 2018

Quête, enquêtes et conquêtes de plaisirs
Éditions KDP, nouvelles, 2018

Diélé : l'ange, l'homme et la bête,
Éditions KDP, roman, 2019

Mon cœur, ma plume et ma muse s'amusent,
Éditions KDP, poésie, 2019

Destins singuliers
Éditions KDP, nouvelles, 2019

L'HOMME ! Ce moustique sous les tropiques,
Éditions Kemet, poésie, 2020

De la nécessité de la vérité
Éditions Kemet, essai, 2021

Rimélodie
Éditions Kemet, poésie, 2021

Au nom du père, du fils et du sain d'esprit
Éditions Kemet, nouvelle, 2022

Pierre NTSEMOU

TREMBLEMENT DE TERRE AU MINISTÈRE DES AFFAIRES ALIMENTAIRES

THÉÂTRE

Préface de Julien MAKAYA NDZOUNDOU

Ce livre est édité par les éditions Kemet. Vous pouvez le commander en envoyant un mail à editionskemet@gmail.com

Vous pouvez aussi l'acheter sur les plateformes de vente en ligne.

B.P. 1275, Brazzaville,
République du Congo
editionskemet@gmail.com
www.editionskemet.com

ISBN : 9782493053275

À
toutes les mères d'Afrique

Tous les défenseurs de la justice sociale

Avant-propos

Manger !

De tous les verbes conjugués depuis l'Antiquité, mère de la vie sur terre, il est celui qui fait le moins mal à la tête ; même si l'on commet une faute de langue contre la dent gourmande pressée à l'impératif présent qu'exige la faim. Il fait aussi moins mal au cœur ; lorsque tous les pronoms personnels de la communauté humaine le conjuguent en respectant les nombreux accords conclus par les assises du sommet des entrailles tenu depuis la tendre enfance, en passant par l'adolescence jusqu'aux abords à haut risque de la sénescence qui au soir de sa vie quête une maigre pitance ne pouvant plus faire bombance.

Mais ce verbe est dangereusement perturbateur, provocateur, voire destructeur. On peut le vérifier chez les plus zélés professeurs, ès bouche gourmande. Ceux-ci s'amusent et imposent sa conjugaison aux temps passés radieux et merveilleux, où le ventre répondait en écho rythmé, à la bouche pleine dont la parole s'étranglait de plaisir malicieux, savourant les délices d'une délectation que procurait une alimentation abondante et variée ; alors que le présent de l'indicatif indique le point rouge d'une grève imminente de la faim ou plutôt d'une révolte contre la faim.

C'est le temps en question tant redouté par les gouvernants de la République du ventre qui arrive maintenant. Celui où les ministres de cette République universelle oublient de se mettre ensemble pour le conjuguer quand va éclater l'orage des appétits gloutons des uns et l'égoïsme des autres. Cet égoïsme légendaire du singe, mourant fruit à la main, indifférent aux pleurs de ses petits, qui va faire que le Tremblement de terre au ministère des Affaires alimentaires puisse troubler la quiétude habituelle du peuple des moutons conduits par de braves et téméraires brebis vendeuses au marché de la République.

Dès lors, dans ce pays des moutons tranquilles, maîtres du silence qui ruminent leur faim, on peut aussi se fâcher. Du coup, on a le droit de marcher, de manifester, de s'agiter pour se faire entendre et de parler enfin. Quand le muet parle, c'est le sourd qui l'entend. Véritable cacophonie où les brebis vendeuses des denrées alimentaires vont être les reines de l'espace public et bêler de colère pour exprimer le ras-le-bol de leur galère et leur misère sociale. Tenaces, elles s'arcboutent, nos brebis vendeuses effarouchées et vont prendre le taureau par les cornes de l'audace pour punir de manière particulière, l'insolence des méchants bergers qui ont osé toucher au nerf de l'univers : la denrée alimentaire.

L'auteur

Préface

Tremblement de terre au ministère des affaires alimentaires, publié en 2013 aux Éditions Publibook est aujourd'hui remis au goût du jour au regard de l'actualité sur l'inflation galopante dans le monde. Inflation ayant pour conséquence, l'explosion des prix des engrais agricoles et des denrées alimentaires dans les cinq continents.

Pierre NTSEMOU se révèle ici comme un prophète qui annonçait depuis 2013 – voici 10 ans déjà – un tsunami sur le carburant du tube digestif humain. Mieux encore, il faut remonter plus loin dans le temps pour retrouver la matrice de sa comédie des mœurs écrite en 1983, il y a exactement 40 ans. À l'époque, il participait comme ses jeunes pairs du continent noir, au concours théâtral radiophonique interafricain dénommé *Première chance sur les ondes,* organisé par L'ORTF[1], aujourd'hui RFI[2] en partenariat avec L'ACCT (Agence de Coopération Culturelle et Technique) à Paris. Concours ayant révélé bien des talents dramaturges africains, parmi lesquels notre auteur distingué alors pour sa pièce intitulée à l'époque BRANLE-BAS AU MINISTÈRE DES AFFAIRES ALIMENTAIRES. Prémonitoire ! N'est-ce pas ?

Oui ! Il y a bien un tremblement de terre au ministère des Affaires alimentaires, depuis l'invasion de l'Ukraine par la Russie, au crépuscule de la pandémie de la COVID-19.

Cette flambée des prix inquiète aussi bien les gouvernements des pays que les organisations internationales en charge des questions de l'alimentation et de la lutte contre la faim dans le monde. C'est le cas de l'Organisation des Nations Unies pour l'alimentation et l'agriculture (FAO), du Fonds monétaire international (FMI), du Programme alimentaire mondial (PAM) et de l'Organisation mondiale du commerce (OMC).

Cette réalité vient aggraver une situation de pénurie alimentaire dans un monde frappé de plein fouet par l'urgence du changement climatique qui rend difficile, depuis plusieurs années déjà, l'accès à la nourriture, dans plusieurs zones géographiques habitées par l'homo sapiens sapiens.

---

[1] Office de radiodiffusion-télévision française.

[2] Radio France internationale.

Selon les Nations Unies, *« Près de 350 millions de personnes dans 79 pays souffrent d'insécurité alimentaire aiguë et la sous-alimentation est en augmentation. »*[3]

Ce livre de Pierre NTSEMOU est une comédie qui, en cinq actes, nous fait voyager dans l'univers des denrées alimentaires et des transactions du commerce dans les marchés des contrées africaines. Il est essentiellement question de l'évolution exponentielle et vertigineuse des prix des denrées alimentaires ayant pour conséquence, la hausse du coût de la vie qui expose les humains à la famine.

Les différents personnages de cette pièce de théâtre désopilante sont issus de toutes les couches de la société. Une césure du train de vie entre les gouvernants et le bas peuple paupérisé est mise en exergue dans ce texte. Les premiers vivent dans une exubérance insolente, pendant que le bas peuple rase les murs de la misère pour survivre dans cet écosystème caractérisé par l'inflation.

En riposte à cette réalité, une insurrection va être engagée par les femmes vendeuses, obligeant ainsi les gouvernants à procéder à un remaniement ministériel. Ici, Pierre NTSEMOU met en exergue la problématique du rôle de la femme dans les sociétés africaines. Contrairement aux idées reçues, la femme africaine n'est plus cette personne qui est confinée dans la cuisine ou dans la cour, pour s'occuper des casseroles et de l'hygiène des enfants.

Cette comédie devrait être mise en scène, me semble-t-il, devant les dirigeants africains qui s'emparent de tout et qui jubilent face à la paupérisation croissante de la majorité de leurs concitoyens.

Ils devront se remémorer les circonstances de la chute du président soudanais Omar El-Béchir, le 11 avril 2019.

En effet, la hausse du prix du pain était l'artéfact du déclenchement des manifestations populaires pendant plusieurs mois dans ce pays jadis dirigé d'une main de fer par un dictateur sanguinaire. Jean de la Fontaine dans sa fable *Le Milan et le rossignol*, avait pourtant attiré l'attention des vivants en affirmant : *« ventre affamé n'a point d'oreilles »*.

Ce qui marque, de toute évidence dans ce texte, c'est l'inflation des assonances, offrant une musicalité poétique à l'écriture de Pierre NTSEMOU qui, consciemment ou inconsciemment, est à la

---

[3] Crise alimentaire mondiale : « Une action urgente s'impose », avertissent 5 organisations internationales | ONU Info.

recherche obstinée de la rime et du rythme, donnant ainsi une empreinte spéciale à ses œuvres littéraires.

Le mérite de Pierre NTSEMOU est d'avoir attiré l'attention, aussi bien des décideurs que des citoyens, sur cette problématique sociale très sensible : l'alimentation.

De tout temps, la quête de la nourriture a été à l'origine des conquêtes et des émeutes. Réguler la question du partage des ressources et d'accès à l'alimentation est une question fondamentale pour la survie de l'espèce humaine. Car la nourriture est pour l'humain, ce que le carburant est pour le véhicule.

Le trio des comédiens zaïrois Abula-Ngado, Murumba et Dasoufa de Danga affirmait dans l'une de leurs pièces diffusées par Télé-Zaire dans les années 80 ceci :

- *Avant de bien travailler, il faut manger !*
- *Avant de bien danser, il faut manger !*
- *Avant de bien saper, il faut manger !*

Dans cette comédie, Pierre NTSEMOU traite avec humour et gravité, une problématique séculaire qui mérite d'être mise en scène et d'être jouée dans tous les milieux sociaux.

Julien MAKAYA NDZOUNDOU, Psychologue clinicien et écrivain

Personnages

Kimbou, conspirateur
Kintsia, conspirateur
Kissina, le riche ; philosophe de la vie en rose
Mouhouélo, le pauvre, philosophe de la vie épineuse
Les brebis vendeuses des denrées alimentaires
Le Président de la République
Le Premier ministre
Le ministre des Affaires alimentaires
Ella Moutima, un membre du gouvernement
Le chargé de mission du ministre des Affaires alimentaires
Libabé, président du comité des marchés
Zandhal, gendarme
Le vendeur des journaux
Tsui-Téké Opi, Présidente du tribunal
Bertille Léfoutou, Procureure de la République
Un avocat de la défense
Un avocat de la partie civile
Des magistrats
Des témoins
Des badauds

ACTE I

Scène 1 : Le complot

(Scène vide. Entrent Kimbou et Kintsia qui se parlent)

Kintsia, *souriant*

La première phase de l'opération sera déclenchée au cœur du département du ventre du peuple dont tu as la responsabilité sectorielle certes, mais à mon humble avis, essentielle.

Kimbou

Nous y voilà !

Kintsia

Eh oui ! – La seconde, c'est mon affaire à l'intérieur de la maison du pouvoir de toutes les faims, de toutes les soifs à assouvir, de tous les appétits à aiguiser et à satisfaire, de toutes les belles gourmandises à honorer dignement ; de tous les cafés et restaurants à fréquenter matin et soir sans se lasser tant que le pognon joue à celui « qui me libère vite de la prison de la poche. » Et Dieu sait combien de poches sont à plaindre d'un tort si triste…

Kimbou

Tu fais vraiment exprès de me perdre dans tes envolées philosophiques.

Kintsia

C'est toi qui refuses plutôt d'écouter le chant silencieux qui chatouille notre raison quand des pièces d'argent s'embrassent et se cognent en s'injuriant dans la poche, tenancière provisoire de celui qui les possède. Il est temps que tes méninges servent enfin à quelque chose d'utile à la nation qui t'a mis à l'école de la vie dure ; à servir toujours les autres comme si l'injustice et la justice avaient la même douleur dans les cœurs des victimes et ceux de leurs bourreaux ou la même couleur quand on vous les sert sous le soleil cuisant la peau ou la nuit noire brouillant la vue. (*Kimbou semble indifférent, sinon perdu.*) – dis-moi, Kimbou, n'as-tu jamais éprouvé cette étonnante sensation de planer au-dessus du monde quand tes poches bruissent de leur belle mélodie argentée de tintements ou d'agréable cliquetis ?

Kimbou

Et comment donc !

Kintsia

N'est-ce pas ?

Kimbou

Je suis le plus beau du jour, au concours de la joie à lire sur la face de ceux qui viennent de toucher le ciel quand sonne l'heure du salaire.

Kintsia

Alors là, tu m'épates mon vieux frère ! Revenons si tu veux bien à nos moutons affamés qui bêlent au cœur du peuple. (*Il se tait brusquement comme s'il a entendu une voix. Un petit silence comme celui qui nous fait dire après : Dieu est passé.*)

Kimbou

Ah ce silence !

Kintsia

C'est Dieu qui est passé.

Kimbou

Il est à craindre qu'un jour proche, il ne soit brisé par ce cri strident venant du ventre des muets d'une nature taciturne dont on abuse des attributs divins de la création.

(On entend des cris des vendeuses dans les coulisses)

Kintsia

Et les agneaux et leurs mères, les brebis vendeuses, nous observent.

(*Cris des vendeuses qui traversent la scène en vociférant pendant que les deux protagonistes se cachent dans un coin.)*

Scène 2 : Le pauvre et le riche

(Des commerçantes, Kissina, Mouhouélo)

Première commerçante

5000 francs ! À prendre ou à laisser !

Le chœur des commerçantes

À vendre ou à manger nous-mêmes !

Kissina

Les mamans semblent surexcitées ce matin !

Mouhouélo

C'est le moins qu'on puisse dire. Au regard des nouveaux prix des denrées alimentaires, les gens de notre classe n'auront que leurs yeux pour voir leur tombe se creuser inexorablement sous les pieds des fossoyeurs de votre espèce.

Kissina

Ce procès d'intentions malveillantes décidément ne quittera pas l'entendement populaire à l'encontre des *Mvouama*. Leur sort est sans nul doute, l'excroissance que leur confère leur statut social, pourtant simplement conjoncturel. Chacun peut l'arracher au prix de quelques sacrifices de plusieurs ordres.

Mouhouélo

Pourtant, c'est votre arrogance qui dicte certaines colères du peuple qui vous observe dans vos exhibitions de paon dans la basse-cour qui déteint de façon rageante le plumage terne des canards boiteux et autres poules mouillées au dénuement ainsi exposé au grand jour.

Kissina

Nous devrions donc cacher nos attributs et nos moyens et vivre comme si les grâces obtenues étaient une honte à ne pas afficher.

Mouhouélo

On voudrait que le superflu de vos avoirs n'encombre pas vos poubelles débordant de gaspillage alimentaire, quand nos marmites trouées à force de cuire la peau de la vache folle se réjouiront de vos excès annexés à notre faim récurrente.

Kissina

J'aimerai bien te voir à notre place pour apprécier ton sens de partage entre la suffisance relative et l'insuffisance effective dans ce monde où nul ne mesure les limites raisonnables du bien à faire pour ne pas tomber dans le piège du pédantisme dans ce vaste champ à l'aide aux déshérités.

Mouhouélo

Eh bien ! Commençons dès aujourd'hui l'expérience où moi *Mobola je* serais *Mvouama* pour observer qui de l'un ou de l'autre sera plus proche du bien à faire, à faire faire, ou à faire vivre dans les faits.

(Cris des vendeuses)

Kissina

Tu vas commencer par ramener à la raison ces brebis commerçantes qui s'amusent à augmenter le prix du pain de manioc comme à une partie de poker menteur où les règles du jeu ne sont connues que des professionnels. Or, le jeu des prix des denrées alimentaires n'est pas un caprice de vieilles mégères aux seules fins d'ennuyer une certaine couche sociale. C'est un mécanisme économique dont nos bonnes mères ne soupçonnent même pas l'existence ; et bien malin est celui qui pourrait le leur expliquer sans se faire chahuter.

Mouhouélo

Nous y voilà ! Monsieur l'expert en économétrie, tu me crois capable de tenir un discours devant ces dames décidées à vendre leur pain de manioc à 5000 francs pour les convaincre de revenir au tarif conventionnel où celles-ci ne trouvent plus leur compte ?

Kissina

Et alors ?

Mouhouélo

Non ! Mon rôle, je vais te le dire sans détour. C'est t'amener à acheter à ce nouveau prix pour intégrer la dynamique du changement et son cortège de pilules à avaler au nom de la solidarité citoyenne.

Kissina

Tu ne vas quand même pas cautionner un pain de manioc, à 5000 francs !

Mouhouélo

Et pourquoi pas ?

Kissina

Arrête d'avancer de pareilles inepties !

Mouhouélo

Monsieur veut donc refuser d'appliquer notre évangile de tout à l'heure du partage de la suffisance pour réduire l'insuffisance !

Kissina

Cette somme représente le budget nécessaire pour couvrir une semaine de popote chez les moutons du peuple.

Mouhouélo

Chez nous les moutons du peuple, comme on nous appelle, nous avons appris à vivre avec peu, quand vous, vous étouffez là-bas avec beaucoup.

Kissina

Je suis finalement tombé sur le meilleur de tous les moutons du peuple ce matin !

Mouhouélo

(S'adressant au public)

Quelle bourde ! Mon pauvre monsieur ! Un mouton quel qu'il soit, est très intelligent. Et c'est toujours ceux qui gèrent les moutons qui manquent d'un peu de lumière pour éclairer notre ferme. À notre école, seuls le rire et les pleurs sont inconnus.

Kissina

Si tous les moutons pouvaient parler…

Mouhouélo

Les magnans chanteraient !

Kissina

Les ânes riraient…

Mouhouélo

Les cochons blâmeraient les canards dans une mare…

Kissina

Toute chose se mesure par le regard de l'autre… Nous ne sommes que par rapport aux autres. Ce que tu es à mes yeux est stupéfiant.

Mouhouélo

On ne devrait pas se battre pour l'aliment que le Créateur a distribué équitablement sur la terre, dans le ciel, et en mer profonde. A-t-on ramassé un oiseau tombant du ciel parce qu'il aurait faim ?

Kissina

Pas à ce que je sais.

Mouhouélo

A-t-on sorti de l'eau un poisson mort de faim ?

Kissina

Je n'en ai pas eu l'écho.

(Soudain, on entend au loin des brebis vendeuses, en chœur.)

Les brebis vendeuses

Hé ! Hé ! Hé ! 5000 francs le demi-kilo ! À prendre ou à laisser ! 5000 francs le demi-kilo de poisson d'eau douce ! À prendre ou à laisser ! Les incapables n'ont qu'à laisser !

Mouhouélo

Va leur dire de ne plus s'enfermer dans leur tour d'ivoire pour décider sans nous associer comme ils en ont pris la mauvaise habitude. Qu'ils évitent la célèbre boutade « le ciel ne tombera jamais ». Il tombera cette fois ; parole de mouton libérée des cordes vocales, ligotées naguère.

(Les brebis vendeuses entrent avec fracas pendant que les deux compères disparaissent précipitamment de la scène. Chacune d'elles porte une cuvette en plastique.)

Scène 3 : La nouvelle mercuriale

(Les brebis commerçantes sont en conclave sous la haute autorité de la mère supérieure des brebis commerçantes de la section du manioc.
Débats très animés.)

La mère supérieure des brebis commerçantes

Je voudrais remercier l'ensemble des intrépides brebis, pourvoyeuses indispensables de tous les régimes alimentaires dont dépendent à la fois nos pairs de l'espèce ; souvent martyrisée et bien entendu nos redoutables seigneurs de la matraque financière, ces consommateurs arrogants de nos denrées alimentaires, qu'ils marchandent avec mépris, nous prenant pour des êtres pitoyables auxquels, on jetterait une obole de charité contre le fruit de notre labeur qu'ils banalisent effrontément. Il vous appartient de choisir en toute responsabilité, la mise en valeur monétaire réelle du produit que votre section met sur la chaine nationale de consommation en suivant le cours de l'évolution des prix des consommables qui nous viennent d'ailleurs et qu'on avale sans broncher. Tout bon mouton qui respecte sa nature ne parle pas. Oui, mais est-il normal de les laisser piller même le bon sens d'acheter au juste prix notre silence qui les engraisse, les gave, les sauve de la faim au moment où seule notre qualité de ruminant nous sauve de la disette ? Pour notre part, à la section du manioc le pain est désormais à 5000 francs, le *nguri yaka.*

(Ovations nourries et prolongées)

La brebis vendeuse de riz

Le prix du sac de riz de 50 kg étant désormais de 50000 francs, le kilo de riz mesuré sur la balance du transport, des taxes farfelues des ouistitis véreux du commerce intérieur, des manutentionnaires aux muscles chèrement vendus, au petit bénéfice pour acheter la nivaquine de nos mouflets morveux menacés par le kwashiorkor, le kilo de riz dis-je passe de 1000 à 5000 francs. Et je ne ris pas. C'est désormais le prix du riz, mes chères amies.

(Ovations nourries et prolongées)

La brebis vendeuse de poisson de mer

Il vient de loin, ce poisson de mer. Il transite par des chambres froides dont la location nous coûte cher avec ce capricieux courant électrique qui joue à saute-mouton avec les abonnés exaspérés, mais résignés à l'alimentation énergétique très appauvrissant par des groupes électrogènes. Comme pour amortir le coût du poisson nous avons été mal comprises en le vendant par morceau et le rendre plus accessible à tous, le poisson de mer reprend ses droits d'être vendu en entier et seulement par kilo. Sans discrimination, puisque tous les poissons se valent en goût, selon la langue du consommateur, le kilo du délicieux poisson de mer, je vous le dis, le cœur serré quand je pense au capitaine, au thon, au requin, aux langoustes, aux crevettes, aux maquereaux, aux girelles, aux carpes, aux imbattables *makoualas,* nous plaçons nos abonnés et clients de circonstance diététique au même pied : 5000 francs, le kilo seulement.

Les vendeuses, *en chœur*

5000 francs, le kilo seulement !

La brebis vendeuse de poulet

Depuis que les fermes d'État ne nous livrent plus nos chers poulets de chair tant appréciée des magnans et compagnie pour leurs banquets effrénés tous les soirs ; notre marché de poulet se résume à ces congelés et ces froids surgelés d'Orient et d'Occident. Et nos fournisseurs de cette volaille de fortune nous la vendent en gros à des tarifs décourageant les professionnels de ce commerce, nous poussant à revendre cette adorable chair en des quartiers de poulet proportionnels à la bourse du bas peuple. Mais que constatons-nous ? Les magnans viennent par carton se ravitailler chez les grossistes qui spéculent les prix à la demande des *Mvouama* ne nous laissant pas le choix de ces tarifs indiscutables. Alors, le poids plume désormais passe à 5000 francs ; le poids moyen – il n'y a pas moyen de faire autrement – comme on disait au Moyen-Congo de nos ancêtres les Gaulois à la place de nos *Ngantsié Ngalas*, *Kongos* et purs *Tékés* ; authentiques rivaux avérés de leurs devanciers-pères, les autochtones. Ce poids moyen monte donc en moyenne à 7500 francs. Le poids coq qui chante à tue-tête dans la basse-cour s'achètera à 9000 francs et le poids lourd, celui qui provoque chez les parieurs de combats gastronomiques des enchères infranchissables, se négociera à guichet fermé à seulement 15000 francs.

Les brebis vendeuses, *en chœur*

Y aaaaaaaa ! 15000 francs !

La mère supérieure des brebis vendeuses

Soyez tout de même raisonnables ! Ne mettez pas la barre à un niveau trop haut ! Les poulets du Pouvoir n'attendent qu'un moindre alibi pour vous… plumer. Alors !

La brebis vendeuse de cuisse de poulet

Et nous donc ! Vendeuses de cuisses dont on ne voit pas le reste des quartiers charnus comme les pectoraux ! Nous sommes applaudies telles des déesses quand nous débarquons avec nos cartons sur la tête. Nous sommes les sauveurs du peuple des condamnés à la chair blanche. Ces gens qui avaient déjà du mal à manger dans les foyers respectifs, un poulet entier de ferme, hier, vos nouveaux tarifs nous semblent tirés sur les cheveux de l'énervement qui risque d'engendrer des céphalées au pouvoir d'achat des consommateurs. Et…

La brebis vendeuse de poulet, *l'interrompant.*

De quoi je me mêle !

La brebis vendeuse de cuisse de poulet

Du sort de notre section très sensible en haut comme en bas des consommateurs de tout acabit et de tous les calibres.

La brebis vendeuse de poulet

On s'en fout de tous les calibres. Qu'ils soient de 14 mm ; 12 mm ; 6 et même double zéro ; leurs cartouches ne feront plus mouche. Elles ne tueront personne comme chez les Arabes.

La brebis vendeuse de cuisse de poulet

Alors, nous aussi, on s'en fout. Nos cuisses doivent être soulevées très haut, pour laisser entrer beaucoup… de… *(Rires, exclamations impudiques)*-laissez-moi finir mon propos, bandes de vicieuses qui ne pensent qu'à ces basses choses… *(Elle est de nouveau interrompue par un tollé.)*-nous vendrons nos cuisses de poulettes… *(Le vacarme est assourdissant. On ne se contient plus. On se tient les côtes de fou rire ; les pagnes bâillant au gré du vent de joie).*-elles seront étalées, exposées d'un seul coup de… *(Soudain, un silence de cimetière s'abat sur la troupe excitée à bloc quand, inattendu, un cri achève la phrase de la brebis vendeuse de cuisse de poulet.)*

Une voix anonyme

Reins ! Un seul coup de reins pour rien !

La mère supérieure des brebis vendeuses

Si vous ne laissez pas votre sœur continuer son évangile, j'arrête les assises des travaux…

La brebis vendeuse de croupions de dinde

Laissez-moi prendre la parole après ma sœur vendeuse de cuisse de poulet. Nous sommes logées dans la même chambre des moins que rien. Pourtant, si l'on prélevait des droits de consultation avant tout achat alimentaire, nous serions les mieux servies en la matière ; tellement on voit se bousculer, pour nous consulter, des centaines, voire des milliers de malades de chair blanche ; à soigner par l'injection de quelques grammes de cuisses de poulet, de croupions de dinde, d'ailes de poulet et de dindon de la farce alimentaire… Alors, laissez-nous vendre pour penser à ces pauvres hères, nos cuisses et nos croupes à vil prix.

(La clameur publique suspendue déferle en un déhanchement, une exhibition de cuisses avec des pagnes retroussés à mi-cuisse.)
Quand revient le calme…

La brebis vendeuse de Mfumbu- Le Gnetum africanum

Notre Mfumbu ne connaitra aucune hausse. Ce serait un crime que cet aliment du souverain végétarien qui n'a rien à voir avec les bandits carnassiers ou carnivores qui dévorent tout sur leur passage, lui soit refusé au motif qu'une espèce animale, qui dans le mal seul s'exprime dans une langue étrangère au bien, pousserait notre communauté à suivre l'exemple de ce qui est loin de notre identité de sujets pacifiques.

La brebis vendeuse de tomates

Et vous croyez que votre évangile de sainte tendresse qui caresse dans le sens du poil toutes ces bêtes de tous les régimes alimentaires va émouvoir quelqu'un ? Vous vous plantez le doigt dans l'œil de l'illusion. On nous a obligées à vendre une boîte de tomate en la coupant en deux, pour servir à deux ménages, deux foyers ; deux cuisines, deux marmites ; peut-être trois ou quatre, qui sait avec cette solidarité où l'on se partage la misère au comble de la galère… Nous ne vendrons plus des morceaux de boîtes de tomate. Une boîte, 1000 francs ; une grosse tomate en fruit, 1000 francs ; un kilo de tomate en fruit, 5000 francs !

La brebis vendeuse d'oignon

Vous allez me faire pleurer de joie, les amies ! Enfin, voilà qu'on nous prendra au sérieux dans ce pays d'injustice et de pagaille. On nous terrorise alors que personne ne nous subventionne pour ce petit commerce informel qui nourrit à peine notre petit monde. Et l'on nous promet la prison pour crime contre le peuple des moutons chômeurs. Mais, où est notre faute ?

La brebis vendeuse de légumes

Fin de la récréation. Vous avez donc compris que le blé, ils l'ont à foison dans leur moulin. Nos légumes qui serviront à varier la recette culinaire ne seront plus à marchander. Une tige, 100 francs ! Dix tiges, 1000 francs !

Les brebis vendeuses, *en chœur*

Une tige, 100 francs ! Dix tiges, 1000 francs !

(Elles soulèvent leurs cuvettes et sortent bruyamment de la scène)

ACTE II

Scène 1 : La rumeur et l'inquiétude

(Au cabinet du ministre des Affaires alimentaires et de la Consommation)

Monsieur le ministre

Quelle est la température alimentaire générale du département ?

Le chargé de mission

Plutôt morose, Excellence.

Monsieur le ministre

(Étonné)

Quoi ? En ces temps qui approchent les fêtes de fin d'année ?

Le chargé de mission

C'est ce qui surprend plus d'un observateur averti.

Monsieur le ministre

Et moi qui suis un homme averti, quand m'as-tu tenu informé ?

Le chargé de mission

Excellence ! Vous ne m'avez pas donné le temps de le faire.

Monsieur le ministre

Parce qu'en plus c'est moi qui dois te donner le temps de faire ton travail ?

Le chargé de mission

Non, Excellence.

Monsieur le ministre

Pourquoi donc ce silence alors qu'on m'a toujours signalé toute alerte ?

Le chargé de mission

Euh ! C'est que… euh !

Monsieur le ministre

(Fâché)

Je veux des explications. Pas de balbutiements.

Le chargé de mission

Excellence ! Vous m'intimidez… Donnez-moi le temps de vous parler sans m'interrompre Excellence.

Monsieur le ministre
(De plus en plus sur les nerfs)

Quel culot il a celui-là ! Me donner à moi des ordres ! Il ne te reste plus qu'à prendre ma place ! Mon fauteuil ! Pendant que nous y sommes.

Le chargé de mission
Un Mamadou, ministre ! Vous rigolez sans doute Excellence !

Monsieur le ministre
On vous connait bien, vous, les hommes de main. Demain, vous rêvez d'occuper le fauteuil que vous essuyez pour l'autre. En tout cas, le mien n'y comptez pas ! Même en dormant à poings fermés, je veillerai à ce qu'il ne soit pas bousculé par quelques marchands d'illusion…

Le chargé de mission
Me permettez-vous, Excellence de placer un mot ?

Monsieur le ministre
Je n'attends que ça depuis que tu tournes en rond.

Le chargé de mission
Les brebis vendeuses du marché central sont en colère.

Monsieur le ministre
Ce n'est pas la première fois. Et je dirais même plus, ce ne sera pas la dernière fois qu'elles vont s'agiter… Y a-t-il autre chose en instance ou en urgence ?

Le chargé de mission
Pour le moment, j'attends le retour des envoyés spéciaux, pour vous faire une fiche plus parlante que le bruit de vos détracteurs, Excellence.

Monsieur le ministre
(Souriant)

Voilà comment doit parler un chargé de mission pas comme les autres.

(Large sourire du chargé de mission ; poignées vigoureuses de mains entre les deux interlocuteurs ; rideau)

Scène 2 : Les revendications

(Au marché ; le décor présente deux groupes aux préoccupations diamétralement opposées : les brebis vendeuses décidées à vendre leurs denrées aux nouveaux tarifs ; les acheteurs, furieux et menaçants. Un médiateur, le président du comité du marché. Un agent de l'ordre.)

La foule des acheteurs

Criminelles ! Voleuses ! Belliqueuses ! Sangsues ! Assoiffées d'argent sale !

La brebis vendeuse de foufou

(La rebelle des plus rebelles parmi les brebis vendeuses)

Approchez donc ! Bandes de voyous et de voyelles ! Vous n'avez rien compris de nos revendications. Celui qui a parlé d'argent surtout celui-là est un imbécile.

Une voix, dans la foule

Imbécile toi-même ! Toi qui affames tes enfants !

La brebis vendeuse de foufou

Si tu es un homme qui a les machins bien suspendus dans ton caleçon, fais-toi voir !

Les brebis vendeuses

(En chœur)

Eh ! Eh ! Fais-toi voir, et montre tes bidules, eh ! Eh !

Une voix, dans la foule

Vous n'êtes qu'une bande de putes à fric à frictionner à mort pour de l'argent.

La brebis vendeuse de plantes aphrodisiaques

Venez donc encore les chercher vos chères racines. Ces racines qui réveillent les moteurs de vos reins en camelote qu'on vous offrait à un prix dérisoire pour vous refaire une jeunesse au pays bas battant de l'aile de coq mouillé par la honte !

La mère supérieure des brebis vendeuses

Écoutez-nous messieurs ! Si vos dames ne sont pas à vos côtés pour nous condamner, c'est qu'elles ont compris la raison fondamentale de notre mouvement et surtout son bien-fondé.

(Sur ces entrefaites, arrive Libabé, Président du comité du marché)

Libabé

Qu'est-ce que c'est que cette agitation dans ma bergerie ?

La mère supérieure des brebis vendeuses

Bon berger ! Les brebis sont fatiguées de manger l'herbe sèche. Elle blesse la panse gourmande de nos pauvres agneaux sevrés trop tôt par la pratique de notre métier à grand risque par ces temps de fraîcheur où l'on doit quitter tôt le logis à la quête des denrées devenues rares comme des larmes de chien ayant perdu l'espoir de croquer même l'os que l'ingrat chasseur lui refuse, lui le bon serviteur qui a pourtant permis la capture du gibier. Le compagnon égoïste mangeant tout ; sous le regard concupiscent et triste du malheureux chien. Celui-ci n'a que sa voix pour aboyer devant l'indifférence coupable de son maître. Eh oui ! Telle est notre situation, bon berger.

Libabé

Mère supérieure, qui est ici ce maître égoïste ?

La mère supérieure des brebis vendeuses

Le ministre des Affaires alimentaires

Libabé

Comment ça ? Un homme si juste !

La mère supérieure des brebis vendeuses

C'est ce que nous avons cru pendant longtemps, avant de déchanter maintenant. D'abord, il laisse les grossistes véreux changer de prix de certaines denrées de façon fantaisiste sans nous permettre de faire de même. Ensuite, il laisse ses hommes de mains, contrôleurs et faiseurs de taxes du genre « pénalité contre les mouches ; pénalité contre les fortes odeurs ; pénalité contre les eaux stagnantes comme si les caniveaux bouchés ne relèvent pas des services des voiries urbaines pour venir s'en prendre à nous ; impôt sur le bénéfice du jour ; impôt sur la balance de l'État servant à vendre nos denrées mesurables par poids ; impôt sur l'occupation des tables de l'État ; impôt sur l'occupation de l'espace public comme si nous pouvions aller ailleurs exercer notre commerce ; impôt, impôt !... » On en a marre. Trop, c'est trop !

Libabé

Du calme ! Du calme mes amies ! Votre mouvement n'aura de chance d'aboutir qu'en respectant la démarche faisant du dialogue, la langue de communication. Faire autrement, c'est parler comme à Babel où même le langage des signes ne put rétablir l'ordre perturbé. Avez-vous un texte où sont consignées vos revendications ?

La mère supérieure des brebis vendeuses

Un texte ? Pour dire la vérité qui saute aux yeux, il faut un texte ?

Libabé

Maman, l'administration est écrite. Les agneaux qui vous ont tant appris sur les Blancs, ne vous ont donc pas tout dit sur ces hommes et leurs fusils de chasse ?

La mère supérieure des brebis vendeuses

Pour manger, on n'a pas besoin d'écrire. Pour parler, on n'a pas besoin d'écrire. Pour travailler, on n'a pas besoin d'écrire. Pour marcher, on n'a pas besoin d'écrire. Pour déféquer, on n'a besoin d'écrire. Pour rire de nos bêtises, on n'a besoin d'écrire… Laisse-nous vos histoires de toujours écrire pour dire… Dire, c'est se libérer d'une charge. Écrire, c'est confier la charge au papier de dire à autrui ce que son cœur entend communiquer. Nous ne voulons plus d'intermédiaire, de médiateur. Celui qui veut entendre n'avait qu'à venir nous écouter dans nos bureaux naturellement climatisés.

Les brebis vendeuses

(En chœur)

Ouiiiiii ! Dans nos bureaux climatisés !

La mère supérieure des brebis vendeuses

Vous les entendez ! C'est ici et nulle part ailleurs qu'on veut voir ces magnans nous mordre sous les jupons.

Les brebis vendeuses

(En chœur)

Soulevant en synchronie leurs pagnes, les agitent et trépignent en formant un cercle autour de leur leader.

Eh ! Eh ! Sous les jupons !

Libabé

Un peu de pudeur, les brebis !

La mère supérieure des brebis vendeuses

Basta !

La brebis vendeuse de foufou

Vous êtes de quel côté au fait ? De ceux qui nous combattent, ou de ceux qui nous défendent ?

Libabé

En voilà une question !

La brebis vendeuse de foufou

Vas-y ! Réponds ! On vous connaît. On vous fait manger du Camembert et vous oubliez le manioc du village. On vous fait goûter du Champagne, vous crachez sur le bon vin de palme. On vous fait lécher une assiette d'escargot d'Avignon, vous refusez nos chenilles appétissantes et nos croustillantes sauterelles. On vous fait miroiter le ciel et vous vous mettez à vilipender la terre nourricière ; oubliant du coup qu'elle vous a tout donné, jusqu'aux frontières planétaires. Vous mordez même la main qui vous nourrit, qui vous soigne, qui vous bénit, qui vous caresse, qui vous soulève de la boue pour vous mettre debout sur le sec du marbre de l'aisance après le calvaire de la déliquescence.

Libabé

Mon statut me l'interdit. Ma religion me le proscrit. Ma dignité me suit de ses yeux perçants. Ma conscience gendarme mes fantasmes.

La mère supérieure des brebis vendeuses

Arrête !

Libabé

Mon cœur censure mes désirs malsains et les refoule à l'île du diable trompeur qui s'est trompé d'adresse…

La mère supérieure des brebis vendeuses

Arrête !

Libabé

En échouant à la lisière sacrée du territoire consacré au Bien. Ici, le mal est inconnu.

La mère supérieure des brebis vendeuses

(Excédée)

Arrête !

Libabé

Ok. Que dois-je faire pour vous en convaincre, si mes œuvres ne parlent pas suffisamment à vos cœurs ?

La brebis vendeuse de foufou

Amener monsieur le ministre à venir ici nous écouter directement. On ne veut plus de sous-ministres, qui viennent souls nous rapporter ce que le ministre n'a pas dit ou dans le pire des cas, nous cacher ce que le ministre a dit.

La brebis vendeuse d'oignon

On vous connait dans l'art de la manipulation de l'opinion des chefs pour tirer les meilleurs subsides quand ça marche.

La mère supérieure des brebis vendeuses

Non ! Que le ministre vienne simplement. Il connait la route. Il connait le marché des moutons de la République. Il n'a pas besoin de guide, de protocole, de sécurité, de cortège officiel. Il vient sur son territoire, dans sa parcelle de terrain, dans sa maison, dans sa salle à manger.

Libabé

Vous ne maîtrisez pas son agenda et vous imposez à l'autorité de se plier à vos caprices ?

La mère supérieure des brebis vendeuses

Appelez cela comme vous voudrez ; vous avez encore le privilège d'être notre porte-parole. Mais cela ne saura perdurer.

Libabé

Ca va ; j'ai compris. Ne bougez surtout pas. On va régler ça. Je reviens avec monsieur le ministre.

(Applaudissements frénétiques ; bruits divers de tintements métalliques ; chants et cris hystériques. Rideau)

Scène 3 : Les tractations

(Libabé, Kintsia)

Libabé

Les brebis vendeuses sont entrées en insurrection. Elles veulent voir monsieur le ministre en personne.

Kintsia

Mais qu'est-ce qu'elles croient ! Un ministre, on ne le dérange pas pour des futilités !

Libabé

Vous parlez de futilités sans même savoir de quoi elles veulent parler !

Kintsia

Pourquoi voulez-vous changer les règles démocratiques ?

Libabé

Ce n'est faute d'avoir essayé. Vous les connaissez mal. Quand elles ont résolu de faire une chose, rien ne peut les arrêter.

Kintsia

C'est ce qu'on appelle la bêtise congénitale, collective et imbécile de ces contestataires chroniques.

Libabé

C'est un vieux cliché que vous avez là !

Kintsia

Pourquoi, diantre, dans ce pays veut-on compliquer les choses simples en définitive ?

Libabé

C'est plutôt vous qui entourez les autorités de ce pays, qui êtes en définitive le véritable problème ! Vous ne jouez pas votre rôle ; vous prenant à la limite pour ce que vous n'êtes pas en obstruant la marche des affaires nationales.

(Il sort. Quelque temps après, Kintsia sort à son tour.)

Scène 4 : Le rapport de mission

(Monsieur le ministre, le chargé de mission, Kintsia, Libabé)

Monsieur le ministre

Vous m'avez caché la vérité à ce qu'il paraît, monsieur le chargé de mission !

Le chargé de mission

Mais pas du tout, Excellence. Souvenez-vos que j'ai tenté de vous expliquer la situation et que cela vous énervait à chaque pas s'approchant de la vérité qui maintenant est dans…

Monsieur le ministre

(L'interrompant).

L'heure n'est plus aux critiques de l'action passée. Quelle est la mesure de l'ampleur de la révolte des brebis vendeuses ?

Le chargé de mission

Elles ont été dispersées par l'armée du peuple, Excellence.

Monsieur le Ministre

(Très fâché)

Quoi ? L'armée du peuple contre le peuple ! Vous voulez de ma tête ou quoi ?

Le chargé de mission

Ce sont elles qui l'ont cherché !

Monsieur le ministre

Chercher quoi ?

Le chargé de mission

La bagarre, Excellence.

Monsieur le ministre

Vous ne trouvez pas que c'est vraiment disproportionné ?

Le chargé de mission

Aux grands maux, les grands remèdes. Ainsi, nous enseigne la maxime populaire.

Monsieur le ministre

Et à moi la colère du Magistrat suprême !

Le chargé de mission

On lui expliquera en détail comment les chiens de l'opposition à son pouvoir ont tenté de manipuler les taciturnes créatures. Il écoutera, comprendra et vous félicitera, Excellence.

Monsieur le ministre

Ne rêve pas ! Tu connais mal le guide de la nation tranquille. Je tremble rien que d'y penser. Mais qui donc est allé chercher les militaires dans cette affaire de citoyens à l'intérieur de la maison alimentaire ? Où sont passés les gendarmes et les policiers, hein ?

Le chargé de mission

Excellence, en face de la révolte des brebis vendeuses, les gendarmes étaient débordés

Monsieur le ministre

Ce n'est pas une raison suffisante pour qu'une brigade ou une compagnie de gendarmerie ne vienne pas imposer l'ordre et la discipline ! On a préféré provoquer l'indignation de l'opinion internationale qui passe son temps à s'occuper des oignons de notre jardin national alors qu'elle a bien des champs vastes aux dimensions internationales à défricher pour y planter des choux gras à faire consommer. Ont-ils des leçons de gestion à nous donner ? Nous n'avons pas attendu leur arrivée apprendre à manger une partie de nos récoltes tout en en conservant une part raisonnable de graminées pour les semailles futures de la saison pluvieuse. Nous qui maîtrisons avant eux l'alternance des pluies et leur retraite cyclique et temporelle ! On nous prend là-bas pour des gens éternellement assistés en tout point et en tout lieu. Je soupçonne d'ailleurs la main de ces Blancs qui doivent tout contrôler, jusqu'au moindre fruit à manger pour notre dessert puisqu'ils nous humilient en écrivant dans le journal de leurs fantasmes moqueurs avec des relents de complexe, *Le Canard déchainé*, dans la ferme où il est enchainé, des incongruités du genre : La civilisation banche a apporté aux moutons d'Afrique, herbivores, la culture du fruit à manger après un repas, et depuis certains frugivores dévorent sans remords – et ils n'ont pas tort – tous les fruits du jardin d'Éden que le Créateur a laissés à leur panse gourmande. Il nous faut une riposte à la dimension de notre souveraineté.

Le chargé de mission

Excellence ! Si je vous comprends bien ces brebis vendeuses seraient donc manipulées par l'impérialisme international ?

Monsieur le ministre

Bien évidemment. Une telle coordination dans le mouvement, une détermination de cette envergure ne sont pas le fruit d'une opération spontanée et improvisée.

Le chargé de mission

Le délégué des brebis vendeuses est là. Il refuse de venir vous parler ; s'entêtant à clamer que sa mission est d'amener votre Excellence à la rencontre de ses mandants, un point, un trait.

Monsieur le ministre

Amenez-le-moi, de gré ou de force.

(Un instant, le chargé de mission sort de la scène. Le ministre soliloque et grommelle comme un lion en cage ; il marche, les mains croisées au dos, d'un bout à l'autre de la scène).

Il va m'entendre celui-là qui refuse de m'entendre. Pour qui veut-il se prendre ce dindon qui croit détenir un pouvoir parce qu'il est porte-parole ? Un porteur de parole n'est qu'un vulgaire colporteur de cancans de ces oiseaux qui jacassent le long des étals du marché et qu'il n'arrive plus à maîtriser. Il veut mon poste, ça, c'est sûr et certain. On m'a dit qu'il aurait un diplôme en économétrie et ruminerait contre moi, le fait de l'avoir relevé de la direction départementale des approvisionnements et des marchés de l'État. Mais est-ce que je pouvais faire autrement ? Cinq ans dans un fauteuil ne sont-ce pas assez pour céder à un autre ce siège tournant au gré des gouvernants ? Pourquoi ces hommes, une fois assis quelque part, enthousiastes, s'accrochent-ils bec et ongles à ce siège éjectable et transitoire ? Pourtant, ils succèdent bien à de précédents locataires, mais comment se prennent-ils curieusement pour des propriétaires à vie ?

Le chargé de mission

Il est là, Excellence, le missionnaire des insurgées.

Libabé, protestant

Non, Monsieur le Ministre. Ce sont justement ces mauvaises manières de gérer les dossiers sensibles sans en mesurer tous les contours susceptibles de générer telle ou telle incidence qui culminent en des dommages regrettables pour la nation. Vos hommes de main, vos hommes de cœur, vos hommes d'esprit, vos chiens de chasse de l'information pour garantir la sécurité alimentaire dans tous les foyers des moutons du peuple ne vous rapportent pas l'information vraie, crue, féconde et utile au ministère.

Monsieur le Ministre

Ben ça alors ! Qui aurait cru qu'un commerçant aurait un bagage intellectuel d'une telle facture !

Libabé

Il vous faut, Excellence beaucoup d'énergie. Refuser ou accepter l'évidence d'un danger qui vous menace. Tout le monde vous regarde. Même les aveugles et les sourds vous ont à l'œil et tiennent l'oreille en parenthèses ouverte pour attendre la décision.

Monsieur le ministre

(Surpris)

Mais, quelle décision ?

Libabé

Celle qui va découler du conclave avec les brebis vendeuses que vos hommes de main ont tenté d'étouffer jusqu'à faire pourrir l'atmosphère hier.

Monsieur le ministre

(Furieux et s'adressant à ses collaborateurs)

Ainsi, vous avez habilement tiré les ficelles de mon renversement ! Vous rendez-vous compte de la gravité de la situation si ces femmes venaient à refuser de vendre et faisaient la grève des marchés en ces temps propices à la fête internationale de l'aliment, de la ripaille nationale et de la gourmandise individuelle ?

Libabé

C'est trop tard, Excellence. Elles ne vendent plus depuis qu'on a osé toucher à l'une des leurs. Les marchés sont fermés si vous me permettez l'expression.

Monsieur le ministre

Mon Dieu ! Que m'arrive-t-il ? Et que faire maintenant ?

Kintsia

Je vous l'avais signalé dès votre prise de fonction, Excellence. Qu'il fallait changer toute l'équipe des directeurs généraux, centraux, départementaux et zonaux. Vous avez fermé les yeux, bouché les oreilles et les narines malgré les fortes odeurs de corruption, de concussion, de compromission flagrante et affligeante pour la jeune démocratie marchant encore à quatre pattes à la suite de sa mère patrie empêtrée dans des scandales économiques à grande échelle.

(Le ministre, perdu dans des pensées les plus embrouillées de son mandat, fait signe de la main à Kintsia de se taire ; hélas ! il continue, imperturbable).

Le résultat de ce laisser-aller est là. Tout de guingois. La gale a gagné l'espèce entière du village, de la tribu, du clan…

(Le ministre avance sur Libabé. Il le fixe ; puis secoue la tête avant d'aller de nouveau s'asseoir. Même manège devant Kintsia et le chargé de mission. Il soupire bruyamment avant de s'affaler dans le fauteuil.)

ACTE III

Scène 1 : Le conseil des ministres

Le Premier ministre

Mesdames et messieurs les membres du Gouvernement, l'heure est grave. Il va falloir triturer vos méninges de manière à ce que le soulèvement populaire qui gronde hors de ces murs soit étouffé sans grabuge et que nous sortions d'ici avec une vraie solution à ce réel problème. Il y a fort à parier que certains parmi vous n'ont pas en amont pris les dispositions nécessaires pour que soit évité ce qui est en train d'arriver. Il y va de la sécurité nationale maintenant et tout le monde doit mettre la main à la pâte nationale pour redonner à chacun le pain de la Nation qui commence à manquer. Je vous invite donc de façon responsable, à éviter les attaques ciblées entre nous. Que les choses soient claires une fois pour toutes ! L'unique point à l'ordre du jour est le suivant : la crise au ministère des Affaires alimentaires. Quelles stratégies adopter pour la juguler.

Le ministre de la Répression et des Actions musclées

Pourquoi continuer à tergiverser avec ces trublions de l'ordre public ? Il faut les mater correctement.

Le ministre de la Réconciliation nationale et de la Conscience humaine

Vous avez vraiment la mémoire courte ou alors vous voulez donner un coup d'arrêt à l'œuvre gigantesque que nous abattons depuis cinq ans, que nous sommes au pouvoir. Les moutons réconciliés avec les loups ; les canards réconciliés avec les léopards ; les guépards et les lézards ; les kombos réconciliés avec les lombos, les tongos, les bongos, les dongos, les mongos, les kongos, les longos, les songos, les vongos et les wongos. Vous voulez tout remettre en cause par cette violence qui n'a que trop fait de tort à notre peuple.

Le ministre de la Justice, Garde des Sceaux du Cabanon national

Mais de quel peuple parlez-vous ? De ces sots de votre région qui grouillent, nombreux, dans nos cachots ? Hein ! Non, mon cher. Les abrutis de ton village où l'on ne fabrique que des opposants irréductibles à tous les régimes, doivent être matés sans autre forme de procès si l'on veut dormir, tranquille et gérer nos affaires comme il se doit.

Le Premier ministre

Messieurs ! J'ai bien proscrit les attaques ciblées.

Le ministre de la Justice, Garde des Sceaux du Cabanon national

Monsieur le Premier Ministre, la solution, nous ne la trouverons qu'en perçant l'abcès qui gangrène le corps de la Nation. La justice que je gère s'estime agressée – voilà que les gourmands du Gouvernement qui manigancent un coup d'État qui ne dit pas son nom, mais que nous avons décelé en bon justicier.

Le ministre des Affaires alimentaires et de la Consommation

Monsieur le Premier ministre, tous ces discours sont affligeants et relèvent de la pure calomnie et d'un relent honteux de grégarisme primaire de bas étage moral. Nous ne voulons ressembler ni à l'un ni à l'autre de ces champions de la division des peuples, de la multiplication des souffrances populaires, de l'addition toujours salée de la bêtise humaine avec la haine viscérale, exécrable dont vos oreilles viennent d'être rebattues à l'instant même. Qu'on me dise ici et maintenant comment un ministre des Affaires alimentaires peut-il encourager des commerçantes à vendre leurs denrées alimentaires aux prix qui ne tiennent aucun compte d'aucun critère économique régissant les arcanes des marchés publics et privés de la balance commerciale, des bourses de valeurs, etc. ? C'est une affaire nationale et l'on veut la faire reposer sur nos pauvres épaules. Monsieur le Premier Ministre ! Qu'on me dise franchement ! La responsabilité exclusive qui est la mienne dans cette affaire et surtout cette culpabilité au forceps que certains de mes pairs tentent d'imposer à votre entendement que nous savons absolument être lucide.

Monsieur le Premier ministre

Décidément, votre entêtement à parler des autres amène notre conseil sur un terrain glissant et loin des attentes du peuple. Je voudrais si vous le permettez, messieurs, que nous écoutions une voix féminine pour apporter un peu de fraîcheur ; de tolérance et pourquoi pas, d'amour qui semble avoir déserté les cœurs des membres du Gouvernement. Madame la Doyenne des femmes du Gouvernement, vous avez la parole.

La ministre de la Promotion de la femme, des Droits et Devoirs humains

Monsieur le Chef du Gouvernement. Le chef, dans notre tradition, vous le savez mieux que moi, ne voit jamais le diable. Il l'affronte à coup d'audace même si dans sa culotte il coule un liquide de peur…mais, je vais aller droit au but. Excellence ! Ici, dans cette salle, aucune personne, mieux qu'une femme, ne mesure le drame véritable des brebis vendeuses. Où a-t-on vu des femmes mains nues être molestées sans ménagement par leurs enfants ? N'est-ce pas le comble des malédictions pour une Nation ? Excellence, que revendiquent les brebis vendeuses de denrées alimentaires ? Le juste prix des produits chez les grossistes et leurs intermédiaires ; le juste prix dans les transports des marchandises pour qu'elles n'en payent pas le prix fort en aval ; le juste prix aux dédouanements aux ports et autres portes d'entrée filtrées par des rapaces qui agacent même les paysannes avec le mfumbu autrement dit le gnetum africanum leur exigeant le paiement de taxes farfelues. On feint de ne pas savoir ce qui se passe alors qu'on maîtrise le dossier. Il faut arrêter cette hypocrisie du genre masculin, si vous permettez qu'une mère vous le dise, qu'une sœur le constate pour ses frères ; qu'une fille le réalise avec amertume pour ses pères ; qu'une épouse le fasse découvrir avec stupeur chez l'homme de sa vie pour le meilleur, refusant l'évidence du pire qu'elle embrasse au réveil de ses rêves conjugaux paradisiaques. Excellence, prenez votre courage à deux mains et allez voir Monsieur le Président de la République. Déclarez-lui l'incompétence avérée de votre équipe de fossoyeurs de l'économie de l'économie de la Nation, cette bande de mercenaires qui agissent comme en terre étrangère. Ces criminels économiques ne méritent aucune excuse. Si vous ne les désavouez pas Excellence, les sept femmes du Gouvernement vont en bloc démissionner et mettre dans la rue, vos conneries. Les mamans vous auraient prévenus.

Monsieur le Premier ministre

Hé là ! Hé là ! Maman Ella... pardon, Madame la Doyenne des ministres au féminin !

La ministre de la Promotion de la femme, des Droits et Devoirs humains

Excellence ! C'est à prendre ou à laisser !

Monsieur le Premier ministre

Madame Ella, c'est vraiment un livre de vertus, de vices, de vérités, de dérives et de rêves merveilleux que vous avez écrit et lu pour vos pairs. Mais ne pensez-vous pas avoir compilé les ragots de ces singes de l'opposition qui gesticulent sur leurs postérieurs et ameutent la communauté internationale sur de prétendues dérives de gestion que ces gens sont seuls à voir avec leurs yeux de chats sauvages ?

La ministre de la Promotion de la femme, des Droits et Devoirs humains

Une mère est au foyer la personne la mieux renseignée des réalités domestiques, des combines de ses enfants qu'elle feint d'ignorer pour un temps, mais qu'elle arrête et réprime sévèrement, quand il y a péril entre les quatre murs. Elle voit bien quand son homme sort de la maison avec une chemise blanche et y revient en chemise noire sortant d'un pressing ou de chez la rivale. Elle n'est point dupe et il arrive toujours un moment où les pressings font grève et que la rivale confisque et la chemise blanche et la chemise noire. L'homme revient à la maison sans chemise, la tête basse d'un garnement pris la main dans le sac. Monsieur le Premier ministre, nous vous avons parlé, vous nous avez écoutées. Agissez ! Les brebis, les agneaux et les béliers vous attendent ruminant en silence dans la patience de leurs doléances.

Monsieur le Premier ministre

Madame la ministre, vous avez conquis notre raison après avoir séduit nos cœurs. La pertinence de vos propos est indéniable. Et ne pas le dire, c'est faire preuve de mauvaise foi. Allez parler aux brebis vendeuses ! Ramenez-les à la raison. Les prix des denrées alimentaires qu'elles ont fixés sous l'effet de la colère doivent revenir à la norme établie par les textes en vigueur. Le gouvernement prend l'engagement de faire arrêter les pratiques de gestion dénoncées ici. Les agents de l'ordre qui les ont brutalisées seront dénoncés, arrêtés et traduits en justice pour répondre de leurs actes et condamnés en conséquence. En attendant, de grâce, que le marché du peuple reprenne vie. J'ai dit. Au nom du peuple souverain.

(Le Premier ministre se lève, fou furieux)

La récréation est terminée. Je m'en vais à chaud rendre compte à Son Excellence Monsieur le Président de la République. Réjouissez-vous qu'il n'y ait pas un compte rendu officiel dans les médias. Espèces de criquets !

(Le Premier ministre sort suivi de la ministre de la Promotion de la femme, à la demande du Premier ministre. Elle est radieuse ; bousculant la hiérarchie protocolaire où les tenants des grands ministères d'État ne sont plus que l'ombre d'eux-mêmes après le coup de tonnerre au féminin singulier de la Doyenne des femmes du gouvernement, pendant que tombe, sur la scène, le rideau).

Scène 2 : La médiation au féminin

(Les brebis vendeuses, Ella Moutima)

Ella Moutima

Mes chères mamans et braves combattantes des droits humains toujours bafoués par ces hommes et leur pouvoir dévastateur qui n'ont pas d'égard pour notre genre. Les temps de la révolution sont bien loin ! Nous parlons maintenant de démocratie et de l'émergence de nos États.

La mère supérieure des brebis vendeuses

Appelez cela comme vous voulez ; mais pour nous, nous savons que la révolution a changé l'ancien ordre en un nouvel ordre qui a transformé la vie des révolutionnaires. Du jour au lendemain, ils ont eu des voitures, construit des maisons en dur, envoyé leurs enfants étudier au pays des Blancs pour revenir commander les nôtres et les exploiter avec leurs pauvres pères. Ma fille, nous savons ce que cache une révolution si elle n'est pas bien préparée. Ce qu'elle casse aussi. Nous avons dans nos cuisines et nos marmites culbutées, préparé une recette qui va nourrir tout le monde. Tous les moutons seront rassasiés. Personne ne sera oublié. Chacun aura sa part. Telle sera notre devise. Une part à la dimension du nombre d'agneaux et de brebis de chaque enclos. C'est pourquoi chacune dans sa section de denrées alimentaires a fixé le prix convenable ; le juste prix ; le prix qui ne dérange personne puisque chacun ayant eu sa part, on mangera à la sueur de son front et à la quantité d'argent équitablement réparti dans le nouveau marché de la révolution. On nous a trop exploitées.

Ella Moutima

Mère supérieure, j'ai dit à mes frères-ministres les 36 vérités de notre évangile au féminin humilié. Plus rien ne sera comme avant. La révolution, tu l'as dit, a changé les choses d'hier. Vous aurez aussi l'indépendance dans la vente de vos denrées dans les marchés. Mais avant tout, il faut que vos revendications soient ordonnées et consignées dans un cahier de charge que votre fille va ramener au Gouvernement pour examiner attentivement les pesanteurs macro-économiques, l'incidence financière que tout cela va provoquer dans la balance économique…

La brebis vendeuse de foufou, *l'interrompant*

On n'a rien à foutre avec leur balance ! Nous avons nos propres balances dans nos mains. On soupèse et l'on fixe le prix. C'est fini avec leurs machines qui nous trompent. Balance ! Balance ! Balance ! Allez balancez-moi la sauce et que ça saute !

Les brebis vendeuses, *en chœur*

Hé ! Hé ! Balancez la sauce ! Hé ! Hé ! Balancez la sauce ! Et que ça saute !

La mère supérieure des brebis vendeuses

Écoutons la suite ! Je veux dire : regardons plutôt ce que nous réserve le fond du panier de notre fille.

Ella Moutima

Merci une nouvelle fois, ma grande. Vous reprenez calmement le chemin du marché dès demain avec les prix habituels des denrées alimentaires ; le temps que vos nouvelles propositions soient examinées en haut lieu et…

(Elle est interrompue par le chœur des vendeuses)

Le chœur des vendeuses

Noooooon ! Noooooon ! Noooooon !

La mère supérieure des brebis vendeuses

Tu les entends ? On connait désormais la chanson. C'est une seule fois qu'on prend à défaut la mère poule par l'épervier voleur de poussins. Le haut lieu des hommes est à chercher au bas de leur mauvais cœur. Cela a toujours été ainsi dans notre vieille tradition. Toute récolte vendue à la sueur de nos courbatures est gérée au gré de l'égoïsme des hommes. Ils se taillent la part du lion. Ma fille, écris, consigne, souligne en gros caractères et que leurs yeux lisent bien. Nos prix sont à prendre ou à laisser ; pas à baisser.

Ella Moutima

Les sept femmes que nous sommes là-bas au Gouvernement, nous nous battons bec et ongles pour arracher du côté social, une meilleure couverture pour le peuple des moutons. Nous, vos filles, irons jusqu'à voir Le Président de la République pour arracher une partie du gâteau que les hommes, gloutons, veulent savourer seuls.

Le chœur des brebis vendeuses

Ouiiiiii ! Allez voir Le Président ! Allez voir Le Président ! Allez voir Le Président !

La mère supérieure des brebis vendeuses

Ah ma pauvre fille ! L'économie libérale. Tu m'entends, « LI-BE-RA-LE ! » Une économie qui râle librement quand elle n'est pas contente du chiffre d'affaires. C'est notre cas justement, ma petite. Quand un mouton est content, il bêle ; quand il est mécontent, il bêle. Et comme c'est tout qu'il sait faire même quand il n'a rien à faire, retiens ce jour que « quand le mouton est là, point n'est besoin de bêler à sa place ».

Ella Moutima, *bouche ouverte, souriante*

Oh ! La sagesse des moutons est dans leur fécond silence. Qu'il rumine ou qu'il bêle, c'est une affaire entre le ciel et la terre. Elle n'a pas besoin d'intermédiaire. Merci ma tendre mère.

(Elle se lève ; salue avec obséquiosité tour à tour les brebis vendeuses ; puis elle sort raccompagnée par la mère supérieure des brebis vendeuses, sous les applaudissements nourris et prolongés du chœur de celles-ci.)

Scène 3 : La conspiration en marche

(Kimbou et Kintsia arborant une mine de jours de fête)

Kintsia

Fin de partie ! Les haricots sont cuits à point.

Kimbou

Ils sont encore trop chauds pour en manger un peu sans risque de se brûler la langue gourmande.

Kintsia

Oui, assurons-nous qu'ils sont cuits à point. Il faut prévenir la colique et la diarrhée qui n'attendent que des ventres trop pressés ou indisciplinés pour punir notre gourmandise. Es-tu au moins sûr que le carton rouge est infligé à tous les membres du Gouvernement ?

Kimbou

Absolument. On attend la nomination du nouveau Premier ministre pour former son équipe gouvernementale.

Kintsia

Est-ce que notre coup n'a pas été trop fort pour nos ambitions ?

Kimbou

Toi, tu vois toujours les choses petitement. Te rends-tu compte de l'aubaine ? On peut tous deux entrer d'un seul coup au Gouvernement ! Qu'est-ce qu'ils avaient plus que nous, les ministres qu'on a virés ? Hein ! Réveille-toi cette fois-ci et ne laisse plus passer ta chance. Tu remplis tous les critères objectifs et subjectifs pour entrer au Gouvernement.

Kintsia

Tu les connais bien ces critères ?

Kimbou

Moi je pique mon nez partout, tu sais. Et je glane ici et là bien des secrets des maisons de la Nation. Je peux te dire que cette fois la part sera très belle aux brebis dans plusieurs portefeuilles que les chenilles masculines ont dévorés avec toutes les feuilles, même celles qui étaient encore à l'état embryonnaire ; avec tous les fruits encore verts suspendus aux branches de l'arbre ministériel. Tu sais quoi ? Au nom de la tribu, on les nomme. Au nom de la misère commune partagée depuis l'enfance dans la douleur des pieds aux orteils boursouflés par les chiques, on les nomme. Au nom de la dette morale au marabout qui les a sortis de la boue de la mare au diable, on les nomme. Au nom de la *beaufrérie* voluptueuse et libidineuse, on les nomme. Au nom de la communauté ésotérique, mystique et sorcière, on les nomme. Moi, Kimbou comme tu le sais mieux que quiconque, je pique partout où il y a un trou invisible à l'œil humain, fort des attributs de ma nature. Ainsi, je vois tout ce qui est pour les autres, caché. Avec la maîtrise de tous ces dossiers sensibles dont j'ai partagé les secrets au big Boss, notre récompense est assurée.

Kintsia

Dans tous les cas, pour ma part, toi-même tu sais, c'est le ministère des Affaires alimentaires qu'il me faut. C'est là que je donnerai le meilleur de moi-même. Ce sera le couronnement de notre politique au département des Affaires alimentaires.

Kimbou

OK. Il n'y a plus débat sur cette question du portefeuille. Il m'a été demandé de proposer un nom pour éteindre le feu à la maison alimentaire.

Kintsia

(Sursautant en écarquillant les yeux)

Hein ! Lequel, mon très cher ?

Kimbou

Mais, l'unique locataire de circonstance qui saura protéger le potager du propriétaire légataire, évidemment !

Kintsia

Pardon, mon cher. Je veux que tu arrêtes le suspens. Avec le cœur de l'homme et son égo, on ne sait jamais. L'amitié peut être trahie à tout moment.

Kimbou

L'amitié sincère, je te le concède, est une chose sacrée dont seuls les enfants en mesurent la portée et donneraient aux adultes des leçons qu'aucun traité de sagesse humaine ne désavouerait. Deux enfants amis ne connaissent ni la sale envie, ni la haine ignoble, ni la jalousie malsaine, ni le complexe du pouvoir de domination aveugle, de possession égoïste, ni la trahison diabolique. Dans leur cœur bat la mesure de la joie du partage. Leur plaisir est dans la joie de l'autre. Leur désir est de voir le sourire et d'entendre le rire de l'autre comme expression du bonheur qu'il a semé dans le cœur de l'autre. C'est chez les enfants qu'on applique l'axiome de la vérité : « Si tu veux savoir où se cache la vérité de ton cœur, place-toi devant un miroir et jure-lui que tu ne lui as jamais menti. Il va te répondre par ton propre regard auquel tu ne peux pas mentir. » L'ami est le miroir de ton cœur. On ne saurait jamais impunément le tromper.

Kintsia

Et comme à notre âge, nous avons à coup sûr, un peu menti, je n'ai rien à attendre de sincère de toi ! Qui sait ! Peut-être pendant qu'on y est t'a-t-on déjà proposé d'occuper le maroquin des Affaires alimentaires qui hante mon sommeil depuis des lustres ? Hein !

Kimbou

En parlant de l'anecdote de l'amitié chez les enfants, j'ai voulu te ramener à ce que nous fûmes. Comment prenions-nous l'autre ? En toute circonstance de l'innocence de nos sens que courtisaient de nobles sentiments, on coupait toujours la poire en deux, jusqu'à l'unique doigt de banane que l'un ou l'autre avait pour sa journée à l'école du village. Dis-moi, aujourd'hui si à ma place c'est toi qu'on aurait consulté, aurais-tu proposé mon nom à ce poste qui sied bien à l'un ou l'autre de nos cursus professionnels ?

Kintsia

Hum ! Je te vois venir. Tu ne peux pas me faire ça ! Tu m'as frappé dans le dos. Non ! Tu es mon ami. Je suis ton miroir. Regarde-moi droit dans les yeux. Tes yeux disent aux miens que tu ne peux pas mentir, ni envier, ni trahir, ni usurper le pouvoir destiné à ton ami. Il y a beaucoup de portefeuilles à prendre, non ! À ce que je sache, toi tu as un profil passe-partout non ?

Kimbou

Écoute-moi bien, mon très cher ami. Ce qu'on m'a demandé, c'était de proposer pour mon ami, un portefeuille où il ferait moins de jaloux dans l'arène où les professionnels du pouvoir ne feraient pas des gorges chaudes pour ta fragilité morale. Tu sais que ce sont les brebis vendeuses qui ont fait chuter tout un gouvernement. Et crois-tu avoir suffisamment de poigne pour cogner contre leur fronde ? Là où même la police et la gendarmerie réunies n'ont pas réussi à arrêter la marche jusqu'au palais alimentaire ? Non, mon frère, tu seras bien là où j'ai proposé qu'on te promeuve. C'est là où tu vas apprendre l'art de la modestie, de l'humilité, de l'effacement, de la sobriété, de la réserve et de la discrétion. Un homme d'État n'extériorise pas ses ambitions, ne les expose pas, ni ne les dévoile sans assurer ses arrières.

Kintsia

Ah ! Mon ami, le mal est donc fait. Tu m'as trahi parce que mes ambitions t'ont été révélées ?

Kimbou

Attendons la suite des évènements pour me juger mon ami.

Kintsia

Tu me fais pitié.

Kimbou

Je plains ton sort

Kintsia

Tu n'as pas tort

Kimbou

Tu n'en seras pas mort

Kintsia

Je n'en suis pas loin. Et d'ici, je vois le bord.

Kimbou

Pour qui vise loin et pour si peu ! Il n'a que faire des remords.

Kintsia

Pour qui a rêvé de l'ivoire, il n'a que faire de l'or.

Kimbou

Pour qui connait son cœur, il n'a pas à se stresser pour son corps

Kintsia

Qui sacrifie son corps est aussi sale qu'un cochon autrement dit, un porc

Kimbou

A l'allure où vont les choses, le navire de notre amitié va virer à tribord

Kintsia

Trêve de discours oiseux, allons dehors !

Kimbou

On est bien tranquille ici ; pourquoi ce soudain transport ?

Kintsia

Tu m'as assez blessé, pourquoi davantage souffrir ton martyre si retors ?

Kimbou

Tu apprendras un jour prochain que la douleur dans le pouvoir est un ressort.

Kintsia

Tes œuvres pernicieuses dans l'intrigue politicienne sont vraiment en plein essor.

Kimbou

Oh ! Ma pauvre chenille qui lambine à la quête maligne d'une feuille à dévorer encore !

Kintsia

Oh ! Bel ami ! où conduis-tu notre beau bateau amical qui vogue vers son cap à bâbord ?

Kimbou

Enfin ! Je retrouve mon frère. Douter de moi et de ma vérité aurait dérangé un ange qu'on adore !

Kintsia

Que tombe donc la bonne nouvelle pour qu'enfin sonne ou la trompette ou le cor.

Kimbou

Annonçant l'entrée au Gouvernement de ces chers Victor et Hector.

(Les deux compères se jettent dans les bras dans des effusions interminables, tandis que tombe le rideau.)

ACTE IV

Scène 1 : Le remaniement ministériel

(Mouhouélo, Kinsia, Kimbou, Libabé, le vendeur des journaux)

Mouhouélo

Alors, monsieur est bien servi par la démission du Gouvernement ?

Kissina

Et comment donc ! Cette bande de criquets n'a que trop dévasté le champ du parti au pouvoir.

Mouhouélo

Mais, vous voulez maintenant vous désolidariser ? Il faut savoir assumer ses choix et ne pas se dérober dès la moindre secousse du convoi sur la route cahoteuse et rocheuse de ses affaires !

Kissina

Vous n'allez pas me demander d'aller pleurer à la place des ministres désavoués, un autre portefeuille plus ou moins feuillu. Et cela auprès de qui ? À une Dame de fer, la nouvelle Première ministre !

Mouhouélo

Oui, il faut le faire. Au lieu de se taire et demain braire comme un âne bête et têtu !

Kissina

Un homme digne de ses attributs masculins ne peut aller s'agenouiller devant une femme pour quémander faveurs en dehors de ses charmes.

Mouhouélo

Ah ! Les hommes ! Votre orgueil vous perdra. Qu'y a-t-il de si humiliant que de s'incliner devant le mérite de l'autre quand bien même cet autre serait du sexe opposé au nôtre !

Kissina

Il y a là une question d'honneur que pour rien au monde, nous ne ferions la ronde autour de ces êtres qui font sans cesse la fronde quand leurs désirs qu'elles consomment sans retenue ne seront pas comblés par des hommes paumés, essorés, lessivés n'attendant plus que la tombe.

Mouhouélo

Mais, il faut bien payer sa dime pour avoir mangé la pomme du plaisir dans le jardin des désirs.

Kissina

Alors, pour ne pas être esclave d'un chantage interminable, il vaut mieux s'abstenir de s'ouvrir grandement les portes d'une dette qu'on ne pourra apurer qu'au prix d'un effort vain ; dont Prométhée nous sert de modèle pour nous épargner de cette belle corvée.

Mouhouélo

C'est là une sage résolution qui tient la route quand on a assuré ses arrières alimentaires comme on peut le constater en ce qui vous concerne. Mais, pensez-vous qu'il y ait matière à s'offusquer de voir une femme présider aux destinées d'une collectivité ?

Kissina

Sous d'autres cieux, bien des femmes conduisent les affaires de certaines républiques de manière dynamique et fort sympathique pour l'éthique qu'on n'observe pas du côté de quelques nations aux mains pourtant héroïques des frères d'Adam dont ils n'ont hérité que le sexe sans la sagesse. Mauvaise sentinelle depuis la Création, l'homme n'a pas su être le bon gardien du jardin d'Éden, le plus grand territoire de tous les pouvoirs de la terre. Une terre en proie au regard concupiscent du serpent, violeur de l'interdit et voleur du fruit défendu.

Mouhouélo

Il faut donc souhaiter à notre République, un meilleur destin aux mains de cette élue du cœur du Magistrat suprême.

Kissina

Encore faudra-t-il que son équipe soit de bonne facture morale expurgée de ces professionnels de l'acrobatie politique où l'on est surpris par l'extraordinaire mue des uns, agneaux au vu et au su des moutons ; et soudain, pigeons roucoulant et picorant les grains de riz, eux qu'on savait herbivores d'essence et de naissance. On n'avait pas à rougir de honte, quand on vous surprenait, riant, la bouche pleine de riz. Après tout, le régime alimentaire est dicté par les circonstances de la faim et comme le proclament tous les dévoreurs de la planète politique : « seule la fin justifie les moyens. » Ici seule la faim, F-A-I-M sanctifie les païens et crucifie les malins.

Mouhouélo

La honte tue, mon cher ami. Ici, tout le monde le sait et au lieu de mourir bêtement de faim pour des scrupules de complexe sexuel, ils vont nombreux courir implorer miséricorde et concorde auprès de la nouvelle patronne de la Primature.

(On entend au loin un vendeur à la criée. Les deux interlocuteurs se taisent et tendent leurs oreilles pour bien saisir le message. La voix se fait de plus en plus précise.)

Le vendeur des journaux

Dernière nouvelle ! Les dépêches de l'émergence vous offrent en exclusivité la composition du nouveau Gouvernement. Achetez ! Soyez les premiers à découvrir la nouveauté ! 60 % de femmes au Gouvernement ! 30 % d'hommes exceptionnels ! 10 % de représentants des peuples autochtones ! Du jamais vu ! Le Président de la République a frappé un grand coup. Madame Le Premier ministre au féminin singulier a innové…

Kissina

Jeune homme ! Un instant ! Tu veux troubler l'ordre public ou quoi !

Le vendeur des journaux

Mais pas du tout monsieur ! Achetez et vous allez vérifier ce que je vous dis. 300 francs seulement, au lieu de 500 francs. On casse les prix pour fêter l'évènement. Dépêchez-vous ! Le stock s'épuise, ce sont les derniers exemplaires.

(Kissina achète deux exemplaires. Il en donne un à Mouhouélo.)

Mouhouélo

(Lisant à haute voix)

Voyez-moi ça ! Hein ! Pénélope Boboto, ministre d'État, ministre des Mines et des hydrocarbures. Belline Souwa yé, ministre de la

Justice et garde des sceaux et de la Réparation de la bêtise humaine ; Didyne Longogna, ministre du Tourisme, des Valeurs culturelles et de l'Environnement ; Christine Kwasakwasa, ministre des Transports, de l'Urbanisme et de l'Habitat ; Ève Kitounga, ministre des Finances, du Budget et du Portefeuille privé des Parlementaires et des Militaires. (*Il marque une pause ; puis s'exclame)*
Hein ! Ils vont avoir chaud ! Ella Moutima, ministre des Affaires alimentaires, des Approvisionnements et des Douanes ; Ginette Elombé, ministre de l'Éducation nationale, de l'Instruction civique et du Développement professionnel ; Gnagna Ngantsié, ministre de l'Économie forestière, de l'Agriculture, de l'Élevage et de la Pisciculture ; Sirène Alima, ministre de l'Information, de la Communication et des Nouvelles Technologies, porte-parole du Gouvernement ; Mireille Sophie Makaya, ministre des Affaires étrangères.

Kissina

Tu as vu ces escrocs des médias, ils maintiennent le suspens. La suite des ministres hommes au prochain numéro de vendredi. Les postes qui restent à pourvoir sont connus. Il reste à savoir lesquels vont les occuper. Les marabouts vont se faire beaucoup de sous ces dernières heures, mon très cher ami.

(Ils éclatent de rire, pendant que le rideau tombe)

Scène 2 : La convocation

(Le Président de la République, Zandhal)

Le Président de la République

(Tenant collé à l'oreille son portable)

Oui ! Oui ! Oui ! Je vous écoute. Non ! Non ! Non ! Canalisez la marche ! C'est tout. Je répète, il faut canaliser la marche. Laissez-les chanter ce qu'ils voudront ; ne tombez pas dans le piège de la provocation. Vous voyez bien que c'est une marche pacifique… Elle est bruyante, dites-vous ?... Mais le bruit n'a jamais tué quelqu'un … Voilà ! Attention aux trublions ! Ces petits délinquants, ces casseurs de merde… D'accord, oui ! Oui ! Oui !

(Le Président de la République raccroche, et le front perlant de sueur, se met à soliloquer. On n'entend rien de ses propos. Seule la mine d'enterrement qu'il affiche traduit une grave préoccupation)

(Sur ces entrefaites entre Zandhal)

Zandhal

Excellence, Monsieur Le Président de la République, vous m'avez fait chercher en urgence. À vos ordres ! Me voici.

Le Président de la République

Tu parles d'ordre, alors que c'est le désordre que tu organises avec ta bande de casseurs que tu ne réprimes pas sévèrement à ce qu'il paraît ! Enfin, Colonel, mes services de renseignement sont formels. Vous protégez au lieu de dénoncer les cafards enduits de cendre pour mieux ronger mon peuple qui a engraissé leur bedaine luisante et désormais lourde à porter.

Zandhal

Je ne comprends pas, Monsieur Le Président. Quand je traque et attrape des fauteurs en eau trouble, on me somme en votre nom de les laisser batifoler avec leurs filets dans les lacs et les bacs de la République. Ces pêcheurs sont de véritables experts en sciences aquatiques et nage assimilées vont jusque dans les fonds de la fange ramener à la surface, des crabes aux pinces mordantes qui, de leur marche de travers, entravent la marche des affaires de la République.

Le Président de la République

Oui, je vous le concède ; puisque j'ai instruit moi-même, qu'on n'use pas de sauvages et brutales interpellations, d'arrestations arbitraires, sans enquête minutieuse, fouillée et à la fin bien documentée. Maintenant, courez vite attraper ces trublions que vous laissez vagabonder au sein de mes agneaux dociles, de mes brebis graciles et de mes béliers tranquilles comme vous les voyez bien en temps normal.

Zandhal

Merci, Excellence, Monsieur Le Président de la République, chef suprême des Armées.

Le Président de la République

Que ton œuvre débusque les marchands qui font toutes leurs affaires en échangeant leurs gains en monnaie de singe ! Que ton œuvre épingle les champions du fruit à ne pas lâcher ! Ces prédateurs à la paume égoïste, on les voit, malgré l'espace limité du creux de celle-ci, ils veulent arrache r tous les fruits de l'arbre de partage.

Zandhal

Merci Excellence. Je suis très ému par tant de sagesse. Mais, pourquoi diantre, le peuple ne peut-il ne pas vous laisser nous conduire tranquillement vers cet arbre de partage si magnifique ?

Le Président de la République

Hélas ! Il y a dans le peuple des esprits encore accrochés aveuglément au mal de ce bas monde : le pouvoir du ventre. Ils oublient, les pauvres, que, quelle que soit sa faim, le coq ne peut pas avaler une graine plus grosse que son gosier pour éviter au gésier des troubles de comportement comme on en rencontre dans les contes de la brousse et de la forêt des histoires drôles dont raffolent nos enfants et qui instruisent leurs parents.

Zandhal

Ah ! Si je savais que l'urgence signalée à la Présidence de la République était un livre ouvert à la page de la sagesse africaine, je serais venu avec un enregistreur pour conserver jalousement tant de trésors qui vont s'en aller sans laisser de traces dans les cœurs de ces enfants-singes ; que l'on voudrait bien transformer en cœur de colombes roucoulant sur l'arbre de partage !

Le Président de la République

Le meilleur enregistreur n'est pas cet objet que l'homme a fabriqué – que je respecte certes – mais plutôt celui qui est venu avec lui en même temps en naissant. C'est bien entendu, le cœur. À mon avis, c'est l'élément essentiel à la transformation des mentalités barbares des hommes sur terre. Va ! Sers-le bien ! Sers la Nation et reviens me voir quand tu auras la conviction que ta mission de gendarme n'a plus besoin d'armes de torture physique, mais surtout de morsure morale pour que les cœurs d'hyènes des descendants du singe se meuvent en cœurs fiers et vierges de colombes.

(Zandhal se plie en quatre pour faire la révérence au Président de la République, au moment où le rideau tombe.)

ACTE V

Scène 1 : L'arrestation

(Zandhal, Kimbou, Kintsia)

Au début de la scène, on voit Zandhal poussant, rageur Kintsia et Kimbou, menottes aux poignets.)

Zandhal

Vous croyez les moutons assez dupes par leur silence pour ne pas, des yeux, suivre vos intrigues, vos incessants mouvements, vos ficelles attachées à certains ventres que vous avez affamés pour mieux les conditionner à vous suivre, pour espérer l'herbe grasse. Vous voilà au grand jour démasqués.

Kimbou

Vous n'avez aucune preuve de votre cinéma qui a subitement germé dans votre imagination fertile qui va vous coûter cher.

Kintsia

Arrêter d'honnêtes citoyens au service des causes justes du peuple martyrisé par des gens peu scrupuleux comme vous, vous ne savez pas ce qui vous attend en représailles !

Zandhal

Crânez encore tant que vous y êtes ! C'est plutôt vous qui ne savez pas ce que vous réserve la justice du peuple.

Kimbou, boudeur

Justice du peuple, justice du peuple ! Injustice, tu veux dire, oui ! Dans ce pays, peut-on encore parler de justice avec toutes ces exactions publiques à la barbe de la sécurité que vous gérez au gré de vos intérêts ?

Kintsia

Ça ne se passera pas comme ça, croyez-moi ! J'irai en haut lieu me plaindre. Vous serez sanctionnés sévèrement.

Kimbou

J'exige un avocat

Kintsia

Cette affaire va faire grand bruit

Kimbou

Je crains qu'elle nous cause beaucoup d'ennuis.

Zandhal

Soyez donc raisonnables et coopératifs. Votre peine n'en sera que fort réduite sans grand préjudice.

Kintsia

Mais vous allez trop vite en besogne ! Vous nous condamnez sur de simples présomptions.

Kimbou

Nous tenons à rétablir la vérité des faits par tous les moyens que vous refusez d'admettre.

Zandhal

Pris la main dans le sac, vous persistez à dire, et ce avec un courage diabolique que ce n'est pas votre main que l'on tient au poignet !

Kintsia

Vos images satellitaires sont comme des mercenaires qui n'ont pas d'âme ni de conscience humaine. Elles envoient des innocents à la potence sans souci puisqu'elles ne sont pas les victimes des actes posés, mais se nourrissent sans remords des retombées de ceux tombés au champ d'honneur, fauchés par la faim et la soif des sangsues et des charognards de votre espèce.

Kimbou

Je dirais même plus. Quand sera rétablie, avant longtemps, la vérité des exactions et forfaitures des gens d'armes gendarmant d'honnêtes citoyens chargés de veiller à la sécurité alimentaire du peuple. Vous serez moins fiers de votre corporation de fripouilles qui dépouillent sans regret le petit peuple de moutons.

Zandhal

Si vous croyez ébranler notre détermination, vous vous êtes fourré le doigt dans l'œil jusqu'à décoller la rétine. Devenus aveugles par l'ambition du pouvoir pour voir à quoi peut-il ressembler quand on l'a en totalité et non à temps partiel d'intérimaire au gré de son propriétaire, vous avez pris le risque d'embraser toute la plantation pour espérer y planter après le feu de nouvelles semences pour votre grenier personnel à la place du grenier national.

Kintsia

Balivernes !

Kimbou

Élucubrations !

Kintsia

Divagations !

Kimbou

Machinations !

Kintsia

Manipulations !

Kimbou

Délation !

Kintsia

Distraction !

Kimbou

Provocation !

Zandhal, entrant dans le jeu de la rime qui l'amuse

Belle récréation ! Après une opération suicidaire pour l'amélioration de votre ration qui est remise en question par l'imprévisible situation de la pression populaire et la sanction qui vous attend dès la fin de votre audition. N'est-ce pas une belle équation à résoudre en prison qui attend ?

(On entend au loin une foule en colère, scandant des slogans menaçants. Tandis qu'elle avance, le rideau tombe.)

Scène 2 : Le procès

(Tribunal de grande instance de la Capitale. Ntsui-Téké Opi, Présidente du tribunal ; Bertille Lefoutou, Madame la Procureure ; deux magistrats ; des avocats ; Zandhal, Kimbou, Kintsia ; des témoins. Dispositif d'une salle d'audience publique. En arrière-plan, sur un banc, Kintsia et Kimbou sans menottes ; Zandhal est en face d'eux. À l'autre bout de la table du Présidium, le greffier en chef est penché sur son plumitif. En retrait et excentrés, les avocats de la défense et de la partie civile.

Une voix

La cour !

(Bruits de chaises, qu'on tire. Murmures, on voit entrer Madame La Présidente du Tribunal et des Magistrats.)

Ntsui-Téké Opi, *Solennelle*

L'audience est ouverte !

Bertille Léfoutou

L'affaire en examen, ce jour, oppose l'État aux sieurs Kintsia et Kimbou. L'acte d'accusation est ainsi libellé : le pays a connu une vague d'agitation dont les souvenirs et les séquelles sont encore frais dans la mémoire collective. Après moult investigations, il apparaît de façon implacable que les principaux instigateurs des remous sociaux sont les sieurs Kintsia et Kimbou et certainement des complices qui courent encore et que les prévenus ici nous aideront à débusquer s'ils veulent alléger le poids de leur condamnation.

Ntsui-Téké Opi

Nous appelons à la barre, monsieur Kintsia. *(L'interpellé s'avance, serein).* Déclinez votre nom, votre prénom et votre profession.

Kintsia

Hector Kintsia Kutia Kudia ; Ingénieur en économétrie de l'École Supérieure des Hautes Technologies et de l'Économie commerciale numérique de Toulouse en France, actuellement en charge de l'homologation des prix à la Direction départementale des Affaires alimentaires.

Bertille Léfoutou

Pouvez-vous nous dire en quoi consiste votre travail plus simplement pour ceux qui ne sont pas du domaine de vos affaires ?

Kintsia

Si vous n'êtes pas assez cultivée pour comprendre des notions aussi simples d'économétrie, ne comptez pas sur moi pour vous en donner des leçons. Sollicitez une bourse à l'État et revenez plus compétente !

Ntsui-Téké Opi

Attention au délit d'outrage à Magistrat en plein exercice de ses fonctions ! Répondez à la question sans chercher à aggraver votre situation ou à amuser la salle.

Kintsia

Je veille à la Mercuriale. Et ne me demandez pas ce que c'est si vous ne le savez pas. C'est cela mon travail après 5 ans d'études dans le froid d'hiver de France.

Bertille Léfoutou

Je suis une femme faisant son marché et la Mercuriale dont vous targuez d'être le veilleur est des moins respectés cette année des prix homologués par les services techniques que votre politique spéculative affole au grand dam des consommateurs.

Kintsia

Et d'où vient-il qu'on m'incrimine pour un fait qui dépasse le seuil de mes charges de commis de l'État ?

Bertille Léfoutou

Vous avez laissé les prix flamber sans en arrêter la propension ni moins encore aviser le ministre en charge des questions alimentaires.

Kintsia

Mais Madame, vous croyez que c'est tout ce que j'ai à faire que d'aller voir un ministre pour quelques caprices de brebis qui d'ailleurs, ont vite été disciplinées ! De quoi voulez-vous encore parler au moment où l'on pense à des sujets plus croustillants à croquer ; comme comment venir à bout des sauterelles qui ont envahi le Gouvernement, il y a quelques jours avec une bande d'oies qui vont remplir la cour gouvernementale de fientes et chamailleries interminables pour un pagne mal attaché qui a révélé des dessous aux yeux concupiscents des ministres mâles qui vont glousser et gérer les affaires de la Nation dans une ambiance de jouisseurs de Poto-Poto.

(Éclats de rire dans la salle.

La Présidente du Tribunal lui fait un rappel à l'ordre.)

Ntsui-Téké Opi

On n'est pas au procès des membres du Gouvernement ! Et je vous rappelle que de nouvelles charges sont en train de s'accumuler sur votre tête depuis le début du procès.

L'avocat de la défense

Votre honneur s'il vous plaît !

Ntsui-Téké Opi

Maître, attendez votre temps de parole ; quand votre tour viendra.

Kintsia

Mais c'est lui qui est ma bouche pour la circonstance ! C'est lui qui va répondre et vous confondre ; avec votre complot ourdi contre d'honnêtes citoyens que le pays malmène au profit de petits griots dont les gorges chantent les louanges risibles des Gouvernants en mal de popularité ; devant des scandales, à ciel ouvert, de la gabegie, de la corruption, des compromissions de l'évasion fiscale qui a amené le pays au bord du gouffre d'où nous pouvons pourtant le tirer.

Bertille Léfoutou

Madame La Présidente, nous y voilà. Le poisson a mordu à l'hameçon. Il vient de le déclarer haut et fort devant l'audience de cet auguste tribunal. Le pays est au bord du gouffre. C'est lui qui le dit. Et ils voulaient au pluriel le tirer de là. En faisant quoi ? Lui qui ici a reconnu ne détenir qu'un pouvoir négligeable, insignifiant si ce n'est qu'il rêvait avoir un plus grand pouvoir de décision. Je voudrais qu'on fasse venir le premier témoin à charge.

Ntsui-Téké Opi

Faites entrer la brebis vendeuse de foufou.

(D'un pas ferme et décidé, elle avance sous les acclamations des autres vendeuses enthousiastes.)

Levez la main droite et jurez de dire la vérité, rien que la vérité. Dites : je le jure !

La brebis vendeuse de foufou

Je le jure !

Ntsui-Téké Opi

Vous avez la parole. Dites ce que savez de cet homme.

La brebis vendeuse de foufou

Madame, cet homme est venu une nuit nous voir. Il faisait des doux yeux à ma troisième fille qui est encore en deuxième année du collège. Il disait qu'il allait la prendre comme épouse si mes amies vendeuses et moi, on faisait comme en Politique. On gagnerait beaucoup d'argent et ma fille aurait une villa là-bas sur les montagnes de la Télé ou sur la plaine du Djoué en bas des Cataractes. Et moi, j'aime l'agitation pour faire partir la poussière de foufou qui me colle toujours aux pagnes quand je vends.

Bertille Léfoutou

Expliquez-nous maman comment vous avez fait comme en Politique.

La brebis vendeuse de foufou

Oh ! Que c'est beau la Politique ! On ne voit pas qui fait quoi. On voit le feu, mais on ne voit pas qui l'a allumé. On sent la chaleur, mais on ne brûle pas. On sent le brûlé, mais on ne voit pas ce qui brûle. Quand enfin on voit ce qui brûle, trop tard pour éteindre le feu. Il n'y a plus que des cendres. Et il faut descendre, monter de l'eau pour faire exprès de jouer avec le feu ; on sait qu'il est éteint et ne pourra plus brûler. On peut crier : « Au feu ! Au feu ! Au feu ! » Et même verser des larmes de crocodile. On sait que le crocodile est bien mort et ses dents ne seront plus que des allumettes – oh ! Pardon des amulettes pour faire le maraboutage des hommes du Pouvoir politique. (*Elle part d'un grand rire, suivi par ses amies brebis vendeuses).*

Bertille Léfoutou

En somme, vous vous êtes levées pour marcher parce que cet homme vous a dit de la faire ?

La brebis vendeuse de foufou

Comme je vous vois Madame. Il m'a donné ce que je ne peux pas vous montrer devant ce monde.

Bertille Léfoutou

N'oubliez pas que vous avez juré de dire la vérité, rien que la vérité !

La brebis vendeuse de foufou

Mais, je ne mens pas depuis que je parle. Il y a ce que j'ai comme secret que même à Dieu j'irais lui dire quand il va m'appeler dans son Royaume. Mais ici-bas ni aux hommes d'Église qui s'empressent au sortir de la confession d'aller dans la rue vendre nos confidences aux politiciens, leurs maîtres qui construisent des cathédrales et des mosquées sur les péchés des pénitents. Je ne dirai rien. Vous savez maintenant tout sur le soulèvement des brebis vendeuses. Personne ne vous dira une autre vérité que celle de ma bouche. Libérez-le si vous le voulez. C'est un pauvre rêveur qui croyait son heure de gloire arrivée. Pour nous, nous nous sommes bien amusées avec la Politique. Et voyez-vous Madame, nous avons le pouvoir grâce à cet homme. Au fond, c'est un ange qui a compris que nous ne sommes pas aussi idiotes que ça !

Ntsui-téké Opi

Ce n'est pas toi qui juges ici. Et attends qu'on t'inculpe pour association de malfaiteurs, troubles à l'ordre public et atteinte à la sûreté de l'État.

La brebis vendeuse de foufou

Non, Madame la Présidente. Si dire la vérité, c'est aller en prison, pourquoi nous faire jurer et nous remercier en nous mettant au trou ?

Ntsui-Téké Opi

La politique est un serpent à double tête qui mange d'un côté pendant que l'autre mord. Ou alors, est mangé pendant que l'autre est mordu par une espèce plus affamée ou plus venimeuse.

La brebis vendeuse de foufou

Pardon Madame, je ne savais pas que la politique mangeait ses acteurs et ses actrices. Je retire mon témoignage. Et laissez ce malheureux tranquille. Il voulait du pouvoir pour nous le partager. Il n'a fait de mal à personne. Grâce à lui, les femmes sont maintenant au centre des décisions. Même à la Justice, c'est nous qui commandons. Vous n'allez pas commencer votre mandat en emprisonnant vos mères, vos sœurs et vos filles ? Hein !

Ntsui-Téké Opi

La Justice n'a pas de sexe, n'a pas d'état d'âme ni moins encore d'âme à sauver. Elle doit dire le Droit, le bon et le vrai. Je suis désolée ; vous êtes à la disposition de la justice dans le box des accusés et non plus des témoins. Zandhal ! Occupez-vous de cette nouvelle cliente des avocats des causes hystériques de tous les risques de la politique /apprentissage.

(La nouvelle interpellée proteste en vain. Elle est menottée. Et les autres vendeuses jusque-là silencieuses se déchaînent et se ruent sur Zandhal qui trouve refuge auprès de la police du tribunal, gardienne des locaux. La séance est suspendue. Le temps d'évacuer de la salle les brebis vendeuses survoltées, progressivement le rideau.)

Des minutes plus tard, même décor sauf l'absence des brebis vendeuses

Une voix

La cour !

Ntsui-Téké

L'audience est reprise. La parole est à l'avocat de la partie civile.

L'avocat de la partie civile

Merci Madame La Présidente. Il n'y a plus de doute possible. Après ce que nous venons d'entendre ici tous de la bouche du témoin et de l'accusé, les dés sont jetés. Le délit est flagrant et nous allons simplement nous contenter d'aider la cour à la manifestation de la vérité par quelques questions. *(S'adressant à Kintsia)*- alors, oui ou non ! Avez-vous incité les brebis vendeuses à la révolte face à leur situation sociale ?

Kintsia

Mes relations privées avec des citoyennes de la ville n'ont pas de quoi générer une révolte populaire si tant est que les gouvernants assurent aux uns et aux autres, le strict minimum social pour que les gens ne s'attardent pas sur des scènes de vie courante pour tuer le temps morose de leur misère.

L'avocat de la partie civile

Pour tuer ce temps malmené par les gouvernants, vous avez proposé à une frange de la classe misérable selon votre classification, une révolution des mentalités en perturbant l'échiquier alimentaire puisque vous savez que personne ne saurait se taire quand il s'agit de l'aliment et encore à l'orée de la fête qui lui est consacrée à travers la planète !

Kintsia

Elles sont suffisamment lucides pour savoir combien les gouvernants se moquent d'elles depuis des décennies avec des prix qui changent sans crier gare et qui demeurent malgré leurs gémissements. On bouche les oreilles ; on n'a pas à s'en faire. Le pouvoir d'achat des gouvernants se moque de celui du peuple des moutons qui peuvent bêler et se rebeller. Le ciel, clément pour les uns ne tombera que sur les autres, contestataires de la terre. Une terre en jachère de bouffe, vendue trop cher pour l'obole de leur porte-monnaie. Mais, vous êtes aveugle ou quoi ? Cette misère qui transpire dans cette salle d'audience, ne la voyez-vous pas ?

L'avocat de la partie civile

Ce n'est pas vous qui posez les questions. Contentez-vous d'y répondre et vous n'avez pas de leçon à donner aux gens ici, espèce mercenaire !

L'avocat de la défense, *Protestant énergiquement*

Votre honneur ! Mon collègue outrepasse les limites du Droit à la présomption d'innocence qui garantit le respect dû à la personne humaine en attendant que soient établies, les preuves de sa culpabilité pour lui jeter tout l'opprobre et la gadoue de la haine que nous couvons pour les marginaux de la société.

Ntsui-Téké Opi

Maître, un peu de retenue, je vous prie. La passion est l'antichambre qui fait perdre la raison au Droit, et toute démesure dans le réquisitoire ouvre les vannes d'une plaidoirie qui peur enflammer dans un sens défavorable la décision attendue par le ministère public, dont vous êtes le référentiel.

L'avocat de la partie civile

Toutes mes excuses, votre honneur. En pensant à tout le désarroi du peuple à cause de cet énergumène…

L'avocat de la défense, *excédé, se lève derechef et fulmine*

Cette fois-ci, c'en est trop votre honneur ! Des insultes en pleine audience, il ne lui reste plus qu'à porter main sur mon client et l'on arrête les débats de forme pour descendre au pugilat des maîtres du droit de la force au mépris regrettable de la force du Droit. Un coup de poing, quelle que soit sa force, ne pourra jamais gagner dans un combat de Droit où le seul pouce bien pointé sur le Code civil bat par knock-out technique tous les terroristes des muscles et consorts. Ne l'oubliez pas mon cher maître.

L'avocat de la partie civile

Attendez d'avoir la parole pour prétendre me battre par knock-out. Pour le moment, votre client ne mène pas haut sa cause et j'exhorte le ministère public à bien exploiter les éléments nouveaux que nous allons verser au dossier du sieur et assassin du peuple…

Ntsui-Téké Opi, *enragée lui retire la parole*

Maître ! Je vous retire la parole. La parole est la partie défenderesse.

L'avocat de la défense

Merci, votre honneur. Mesdames et messieurs de la cour ; cet homme en face de vous est un agneau. C'est notre gestion des cadres qui l'a transformé en bélier et dont les cornes ont blessé le berger de la Nation. Oui ! Nous ne le dirons jamais assez. Les cadres, on les forme et on les enferme dans des enclos où ils ruminent la mauvaise herbe qui a rendu la vache folle chez les Blancs, d'où nous venons pour la plupart d'entre nous. Oui, elle s'est affolée, la vache, à force de voir les bouchers massacrer les veaux pour en faire des filets et autres quartiers de viande tendre. Même chez les Humains, les mères sont attachées à leurs bébés. Alors, le sort pitoyable des agneaux, qu'affamaient des bourreaux pensant plus à leur panse criante et gourmande à l'excès, a été de même type que celui que mon client a géré psychologiquement dans les marchés et quartiers populaires. Du matin au soir, il devait vivre des scènes insupportables ave ces mouflets accrochés aux mamelles flasques de leurs mères, ayant cessé d'être des seins, faute lait. Tout ceci par la faute du pouvoir d'achat galopant à une vitesse de météore lâché par la Nature déroulant sa pierre de Prométhée sur les pauvres brebis qui ne savaient où se cacher pour ne pas être écrasées. C'est dans ces conditions qu'a germé dans l'esprit de mon client, l'idée de sortir cette couche sociale de sa précarité, en l'aidant à mieux se prendre en charge dans les limites de son champ d'action. A-t-on vu les brebis vendeuses aller hors des marchés, si n'est dans la rue qui, elle n'appartient à personne exclusivement ? Et là encore, vous êtes tous pris à témoin de cette marche pacifique après qu'elles eurent épuisé la patience légendaire de voir leurs denrées alimentaires être écoulées. Et mon client, le cœur épris de justice, faute d'infléchir ses chefs hiérarchiques, n'avait d'autre choix que de laisser le poisson pourrir par la tête quitte à provoquer une diarrhée rebelle qui a emporté certains goinfres loin des tables de ripaille ministérielle !

Ntsui-Téké Opi

Maître ! Ménagez votre langage !

L'avocat de la défense

Vous m'en voyez désolé, votre honneur. Je veillerai à ma langue afin de ne pas heurter inutilement cette auguste cour qui va entendre enfin les fondements du malaise social que d'aucuns récusent à voir alors qu'il saute aux yeux. Oui, Mesdames et messieurs de la cour, comment gère-t-on nos cadres disais-je supra ? C'est décevant. Ils nous viennent des mêmes écoles professionnelles d'Occident, d'Orient ou des Amériques avec des qualifications fort honorables, pour l'auréole de notre Nation. Reçus dans l'indifférence des Gouvernants souvent, beaucoup se résignent à accepter l'inacceptable pour joindre les deux bouts du mois et ne pas vieillir à la charge des parents dans la déprime. Savez-vous que l'ancien ministre de son département qui venait de quitter son Maroquin lors du dernier remaniement ministériel était de sa promotion et bien loin derrière mon client qui en était le major à Bordeaux ? Recruté un an avant lui à la fonction publique alors que tous deux avaient pris pour le retour au pays le même vol, je vous épargne toute la misère que l'ancien ministre lui a fait subir durant les quatre ans de loyaux services, mais mal rétribué en monnaie de singe qu'il était, toutes proportions gardées qu'il se différenciait du primate, juste par les poils et la queue…

Ntsui-Téké Opi

Maître ! Vous ne tenez pas à votre parole !

L'avocat de la défense

Toutes mes sincères excuses, votre honneur. C'est une formule imagée plus qu'une injure. Ceci dit, revenons à nos moutons qui nous amenés à cette barre. Je suis l'avocat de Kintsia et au-delà celui des brebis dont le combat légitime pour leurs droits lésés est le même que celui de mon client. Il le mène au quotidien pour que chacune et chacun gagne selon leurs compétences et leur mérite pour une juste récompense. Mon client n'a pas commis un crime ; il n'a pas troublé l'ordre public ; il n'a pas distribué de tracts pour provoquer une révolution. Il porte la marque d'une douleur interne entretenue par une blessure de l'injustice sociale, de la partialité, de la mauvaise gestion des cadres et des ressources. Mesdames et messieurs de la cour ; en prononçant tout à l'heure votre sentence, ayez à l'esprit que vous ne jugez pas un homme, un individu, mais plutôt un système politique, sociologique et symptomatique d'un profond malaise, dont le remède tient plus de la prise conscience collective, que de la condamnation aveugle et expéditive d'un citoyen qui, en réalité est plus une victime à plaindre qu'un bourreau à craindre. C'est pourquoi je requiers, le cœur serein, l'acquittement pur et simple de mon client.

Ntsui-Téké Opi

La parole est au ministère public

Bertille Léfoutou

Merci Madame La Présidente. Ne vous laissez pas amadouer ou apitoyer par ce discours qui couvre les plus grands coups fourrés que font nos Intellectuels qui vont plus en Occident apprendre l'art de mentir pour diriger aveuglément les moutons du peuple qu'autre chose. Oui ! Rien, alors rien ne compte pour eux quand ils rentrent au pays natal que venir prendre le pouvoir, être aux avant-postes, se faire voir et se remplir les poches. Tout ce que vous venez d'entendre est une belle rhétorique de convention et dès la fin de cette audience, le prévenu sera revenu sur ses vieux réflexes d'agitateur tant qu'il n'aura pas le maroquin ministériel convoité. Voyez-vous Mesdames et messieurs de la cour, peut-on croire qu'il suffit d'être major d'une promotion pour diriger une structure ? Vous trouvez un homme animé d'un tel idéal aussi mesquin digne des charges ministérielles ? On aurait alors une République de ministres, tous premiers de leurs promotions et tous les autres condamnés à leur cirer les bottes ou à faire la serpillère dans leurs bureaux. Et, c'est ce que Monsieur appelle pompeusement la justice psychologique, sociale et sociologique. Bien au contraire, ce sera la fin du challenge de la performance avec arrêt sur image de la compétence initiale et l'on ne s'embarrasserait plus du renforcement de capacités permanent et utile à tout professionnel. Ces messieurs « Je sais ceci, je sais cela ; je sais tout » sont tout simplement dangereux pour notre Nation. Ils refusent d'entendre un autre son de cloche à l'église de leur orgueil. Ils feraient de ce pays un vaste champ d'expériences calamiteuses où les laissés-pour-compte de la société gonfleraient les rangs des révoltés pour une instabilité politique chronique. Cette espèce de citoyens qui n'ont appris du travail que le commandement et non l'exécution, condamne la Nation : à vivre des luttes intestines du pouvoir pour le pouvoir ; à mépriser la déontologie du travail qui exige un certain nombre de principes à observer pour garantir le rendement, les performances et la cohésion entre les différents acteurs pour la sauvegarde de l'outil du travail et assurer l'atteinte des objectifs au département où l'on est employé. Le prévenu est le prototype de cadre qui se trompe de moyens pour exercer son métier d'encadreur, car après tout, un cadre circonscrit un domaine d'exercice et s'applique à faire feu de tout bois à sa portée pour fabriquer comme le forgeron, un outil dont on dira : « voici ou voilà l'œuvre de Lambda mis au service de l'humanité. » Il me paraît une gageure que de prendre le risque d'affirmer que le prévenu Kintsia est un cadre tel que défini ci-devant. Ce qui est pire, c'est qu'il ne cache pas ses ambitions de faire de la politique, son domaine de prédilection entraînant dans son sillage d'innocentes brebis, qui ne savent même pas où aller chercher le père de cette politique, la mère de cette même politique ; puisqu'au moins les enfants sont bien visibles partout dans les rues des mendiants, des badauds, des fous qui philosophent de manière stupéfiante, les vendeurs de journaux à la criée, les pantins qui courent après les tee-shirts des candidats aux scrutins locaux et législatifs qui n'en finissent pas de se succéder ; pour garnir au mieux son garde-linge, où les guenilles infestées de poux peuvent enfin trouver quelques pièces d'étoffe de rechanges pour être lavées. Vous aurez compris, mesdames et messieurs de la cour, qu'en fait, ces gens qui se massent autour des postulants à la sphère juteuse des fruits de l'arbre feuillu de la politique ne leur sont pas fidèles. Ils ne viennent que prendre leur part. Voilà ce qu'ils disent sans gêne après le meeting, car l'argent ayant servi à la commande des supports de campagne est bien le leur. En réalité, ces gens qui donnent des gestionnaires de la Nation une image si déformée et loin de la réalité, doivent être sévèrement sanctionnés pour que cela serve de mise en garde aux imitateurs. L'honneur du politique et celui de la politique ont été salis et édulcorés. L'ordre public a été perturbé. Il y a eu velléité de révolution alimentaire pour affamer le peuple et provoquer un coup d'État. C'est de tous les chefs d'accusation, le plus grave qui ne permet aucune circonstance atténuante à ce valet villageois de l'impérialisme qui pille nos ressources au rythme des criquets migrateurs venus de l'enfer de la faim. C'est bien à la fois économique et politique. Je requiers au regard du lourd dossier qui pèse sur la conscience du sieur Kintsia et ses mandibules assassines, la peine maximale de 20 ans d'emprisonnement ferme. Vu son âge, il aura encore le temps à sa sortie d'exercer honorablement pendant 15 ans avant de léguer à la postérité son expérience au service du bien public dans sa noble dimension.

Ntsui-Téké Opi

Nous appelons à la barre le prévenu Kimbou.

(Marchant comme un échassier, celui-ci s'avance en riant sans retenue)

Vous venez vous moquer des instances judiciaires en arborant un air de fête ici ! *(Lui lança avec une œillade courroucée, la Présidente du Tribunal. Kimbou baisse la tête sans mot dire)*

Déclinez votre nom, votre prénom et votre profession.

Kimbou

Victor Kimbou Kia Mpassi ; administrateur des SAAF ; directeur départemental des Affaires alimentaires, culinaires et Alicaments énergétiques.

Ntsui-Téké Opi

La parole est au ministère public pour lire l'acte d'accusation.

Bertille Léfoutou

Accusé Kimbou ; vous êtes accusé de troubles à l'ordre public ; incitation à la haine ; association des malfaiteurs ; atteinte à la sécurité intérieure de l'État ; velléités putschistes.

Ntsui-Téké Opi

Qu'avez-vous à répondre en quelques minutes ?

Kimbou

(Il garde le même sourire qu'il esquissait pendant la lecture de l'acte d'accusation)

Madame La Présidente, j'ai ri tout à l'heure pour une raison tout à fait simple, votre honneur. Un procès qui commence par une vérité s'arrête faute d'arguments mensongers qui font perdre du temps aux jurés. Nous avons mon ami et moi fait notre procès avant le vôtre. Et la sagesse de l'homme que vous avez ici, cru juger va un jour vous confondre. Cela vous rattrapera un jour. Il fut un jour, mon ami Kintsia me dit ce qui suit, faisant par anticipation notre propre procès : « Il n'est pas bon de laisser traîner la preuve de sa gourmandise ou de sa faim. » Oui, il avait raison sur tous les plans visibles et invisibles. Nous avons laissé voir à vos yeux de lynx notre nudité, notre dénuement, notre misère, nos ambitions.

Pourquoi tenter de se défendre d'une évidence dont la justesse épouse la justice de ce bas monde que vous voulez équitable ? Je m'en réjouis et vous encourage sur ce chemin. J'ai refusé d'enrichir un avocat pour que ces grands hommes qui gagnent leur pain en défendant désespérément des clients que tout condamne cessent de se morfondre par une torture morale de devoir mentir pour sauver une âme en condamnant la leur ipso facto. J'ai fait ce que vous avez dit. Je dis ce qui est vrai puisque je l'ai fait en mon âme et conscience bien lucide. Alors, Mesdames et messieurs de la cour ! Vous qui nous jugez, n'ayez aucun remords puisque vous n'avez pas tort. Ainsi le veut votre métier. Mais sachez que vous allez condamner deux hommes que votre système politique a fabriqués en faisant de nous, hier victimes, aujourd'hui des bourreaux par la flagrance de l'injustice sociale. D'une enfance de misère, on est passé au mensonge éhonté dans notre vie d'adolescence pour chuter enfin dans la souffrance et la vérité de la faim dans les entrailles de la vie adulte. Que sommes-nous devenus alors que d'autres se la coulent douce ? Comment aurais-je pu faire autrement ? Comment pourrais-je mentir au Dieu de la Justice ? Oui ! Je plaide coupable par la faute de l'injustice flagrante de notre société et ses Gouvernants. Mais je plaide non coupable, car, innocent devant le cœur de la justice divine qui donne à chacun selon ses mérites.

(Dans un silence de cathédrale, la Présidente du Tribunal suspend l'audience, quand soudain, la salle fait un triomphe à la sortie de Kimbou du box des accusés. Et le rideau tombe sur ces entrefaites.)

Scène 3 : Le verdict

(Salle d'audience)

Ntsui-Téké Opi

La cour, après avoir délibéré conformément à la loi et statuant contradictoirement selon le code de procédure pénale, condamne monsieur Hector Kintsia Kutia Kudia à 5 ans de prison ; avec sursis. Le condamne en outre à payer un franc symbolique à l'État, son employeur dont il a abusé par ses visées subversives et se voit interdire d'occuper toute fonction de responsabilité durant la période de sursis. Enfin, le ministère des Affaires alimentaires et des Approvisionnements lui ferme définitivement ses portes. L'intéressé est remis à la disposition du ministère de la Fonction publique et des Réformes administratives pour réemploi dans la stricte application des dispositions du présent verdict en son troisième alinéa. Concernant le prévenu Victor Kimbou Kia Mpassi, la cour prononce sa relaxe pure et simple. Elle l'enjoint toutefois à faire preuve de pondération et de moins de méprises à l'endroit des avocats. Ils méritent à plus d'un titre, considération et respect pour les lourdes charges de la défense dont lui ne maîtrise pas tout à fait les arcanes du métier le plus passionnant et le plus humaniste de ce bas monde. Car, peut-on avoir meilleure preuve de justice humaine que celle de tenter et réussir à sauver de la potence, une personne que la machine du mal a programmée, impitoyable, à une mort certaine ? Notre verdict, mesdames et messieurs de la cour est une réponse à l'épineuse question de la vie. Comment faire que le bien soit toujours bien pour tous, et le mal, un mal pour celui qui le fait et s'en repent et que celui qui le subit, pardonne à son offenseur après que celui-ci se sera repenti. L'audience est close, je vous remercie.

(Ovations ; congratulations dans le box des accusés et sortie des membres de la cour. Rideau)

Table des matières

www.ingramcontent.com/pod-product-compliance
Lightning Source LLC
LaVergne TN
LVHW040947150826
845672LV00002B/576

* 9 7 8 2 4 9 3 0 5 3 2 7 5 *